著

山坡上的骆驼

青海人民出版社

图书在版编目（ＣＩＰ）数据

东山坡上的骆驼 / 刘玉峰著 . —— 西宁 : 青海人民
出版社 , 2017.4
（西部爱情故事丛书）
ISBN 978-7-225-05332-5

Ⅰ . ①东… Ⅱ . ①刘… Ⅲ . ①长篇小说—中国—当代
Ⅳ . ① I247.5

中国版本图书馆 CIP 数据核字 (2017) 第 085063 号

西部爱情故事丛书

东山坡上的骆驼

刘玉峰　著

出　版　人　樊原成
出版发行　青海人民出版社有限责任公司
　　　　　西宁市同仁路 10 号　邮政编码：810001 电话：（0971）6143426（总编室）
发行热线　（0971）6143516 / 6137731
印　　刷　陕西龙山海天艺术印务有限公司
经　　销　新华书店
开　　本　880 mm×1230 mm　1/32
印　　张　9.5
字　　数　160 千
版　　次　2017 年 5 月第 1 版　2017 年 5 月第 1 次印刷
书　　号　ISBN 978-7-225-05332-5
定　　价　28.00 元

目录

引子

　　20 世纪 50 年代初，为了西藏的和平解放，西北军政委员会成立了一支庞大的骆驼运输队。几万峰骆驼、几千名驼工和解放军战士，浩浩荡荡踏上了茫茫千里运输线，冒着生命危险穿梭在生命禁区唐古拉，历尽千辛万苦把大批粮食和物资源源不断送往千里之外的雪域西藏。在这支风雨无阻的顽强运输队伍里，有为数不少的驼工是来自甘肃民勤的普通农民。这些普通憨厚的农民谁也没有想到，参加了运输大队就意味着有些人的命运即将发生意想不到的改变。

第一章　两峰骆驼

1

　　初秋的太阳依然火辣辣的，干燥的空气里没有一点儿凉气，就连欢快的石羊河也变得没有了往日的生气。中午吃饭的时候，忽然有了一阵凉风，大槐树上的知了便活跃起来，乐此不疲的叫声让小院更加燥热。坐在树下的富顺刚端起黑瓷碗准备吃饭，就看见一只黑老鸹不早不晚落在了小院墙头上。望着墙头上的黑老鸹，富顺想起昨天晚上的那个梦。他看了一眼正在吃饭的母亲和弟弟富生，就把那个掉牙的梦说了一遍。

　　富生不以为然地看了哥哥一眼，津津有味喝着碗里的玉米面糊糊。母亲端着饭碗愣了片刻问道，上牙还是下牙，牙齿流血没有？

富顺想了想说，记不得了，我就记得牙齿在手里面抓着呢。

母亲沉默了一下说，听人家说，掉牙的梦不好，见了血还没有啥，不见血怕是要破财呢。

富顺笑了笑说，咱们家里有啥财可破，除了金毛和银毛啥也没有。

富生看了哥哥一眼说，说得啥话，三个大活人不如两峰骆驼？

就在这个时候，墙头上的黑老鸹呱呱叫了两声。富顺把饭碗放在小桌上，脱下一只鞋狠狠地向黑老鸹掷了过去。让富顺没有想到的是，就在他掷鞋的当儿表姨夫匆匆忙忙从外面走进了小院。掷出去的鞋正好擦着表姨夫的脑袋飞上了墙头。墙头上的黑老鸹扇着翅膀飞上了天空，表姨夫吓得愣在了那里。富顺光着一只脚丫子一蹦一跳走过去赔着笑脸说，对不起表姨夫，把你吓着了，我打黑老鸹呢。

表姨夫看着富顺生气地说，你要是扔过来个手榴弹，我就能去见你爹了。

富顺不知道再说啥好，傻乎乎地笑了两声。

表姨夫又说，看我干啥，我脸上有朵白牡丹？穿上鞋过来，有事和你们说。

枝繁叶茂的大槐树就像一把硕大的遮阳伞。富生把一个小凳子放在表姨夫屁股底下问道,表姨夫吃饭了没有?

表姨夫坐在小凳上抹了一把额头上的汗水说道,嘿,忙得老鹰抓小鸡似的,叨了几口饭就撅起勾子往你家跑。

富顺妈说,富生,给表姨夫倒杯水去。

富生起身往屋里走去。表姨夫在后面喊了一句,舀瓢凉水就行,热水还烫得喝不成呢。

富顺看着表姨夫问道,啥事情这么急慌?

表姨夫撩起衣襟扇了几下,正准备说话,富生端着一瓢凉水走了过来。表姨夫接过瓢喝了几口水,抬起手擦了擦嘴说,富顺妈,是这,西北军政委员会要组织一支骆驼运输队往西藏运输物资,在咱们这里征收骆驼呢。县上的干部也来了,凡是有骆驼的人家都得报名征收。你们家的金毛和银毛,我已经替你们报了名,过两天人家就来拉骆驼,叫富顺他们把骆驼拉回来,随时准备交给人家。人家不白要咱的骆驼,一峰骆驼还给四个银圆呢。

给十个银圆也不卖。富顺一下站起身子,脑袋摇得跟拨浪鼓似的说道,就是把我卖了也不卖骆驼,就是穷得天天喝凉水也不卖。

表姨夫把手里的水瓢往小桌上一蹾,白了富顺一眼说,猫急狗跳的你知道个啥,听我把话说完。

富顺母亲接上话说，他姨夫，金毛和银毛就跟家里人一样，别说孩子们舍不得，我也舍不得。他姨夫，你是村长，你给他们说一说我们家不卖。

表姨夫说，好我的大妹子哩，你当这是咱们村子里的事情，我咳嗽一声也得有个响动。这一次由不得你们，也由不得我。别说我是个小小的村长，就是咱们县的县长也不成，这是国家的政治任务。

富顺蹲在地上说，啥政治任务，我就不相信共产党大白天还敢抢骆驼。

表姨夫在富顺脑袋上拍了一下说道，你这个娃娃懂个啥，共产党不是国民党，现在是新社会，不敢满嘴跑火车。我给你们说，你们实在不卖我也没有办法。我可告诉你们，就是现在不卖，骆驼也保不住。中央文件已经下来了，马上就要成立农村合作社。合作社是啥意思，就是把各家各户的财产集中在一起，由村里统一管理，统一使用，到那个时候别说四块银圆，恐怕连四根毛也没有。

富顺妈紧张地问道，他表姨夫，有这么严重？

表姨夫拍了一下大腿说道，啥严重不严重，我刚开会回来。这么说吧，就是天上下刀子，政策也不会改变。县长说了，往西藏运送物资，是全中国的一件大事情。

富生说，既然这样，咱们也别牵着不走打着倒退，到时候啥也没有落下不说，表姨夫脸上也不好看。

表姨夫看了富生一眼，对了，你说了句明白话。

富顺拍拍脑袋说，真就做了一个破财的梦。

表姨夫奇怪地看着富顺，破什么财？人家又没有白要你的骆驼。运输队的干部说了，还要让咱们派人把骆驼送到青海去。送到目的地，一峰骆驼给两个银圆作为工钱呢。我给你们兄弟俩都报了名，也好让你家把穷帽子扔到石羊河里去。再说，你小子不是打算跟水清结婚吗？这样一来，也不用你妈为你的婚事发愁了，到时候你兄弟富生的事情也不用发愁了。你爹走得早，你娘把你们兄弟俩拉扯大不容易啊。

富顺站起身子，跺着脚叹了一口气，唉，真就叫个灵验。

你知道个啥呢，脖子拧得跟歪脖树一样。表姨夫看了富顺一眼，拿起水瓢又喝了几口水，把水瓢扔在小桌上站起身子说了一句，就这样吧，我还得去开会。这几天把一辈子的会都开了，开得人脑袋都大了一圈。

送走了表姨夫，一家人傻傻地坐在小桌旁发呆。此起彼伏的知了叫声，鼓噪得小院里越来越烦热。富顺猛地站起身子，对着大槐树狠狠跺了几脚。大槐树上的知了叫得更加热闹，富顺望了一眼枝繁叶茂的大槐树扭头回屋里去了。

晚上没有月亮，屋里屋外黑得看不清人的脸。半夜三更的时候，富顺突然从炕上坐起来说，干脆，把金毛和银毛送到武威的舅舅那里去。到时候没有骆驼，他们也就干球蛋了，总不能把我们兄弟俩当骆驼用吧。

吃了灯芯草，说话那么轻巧。黑暗里传来富生的声音，跑得了和尚跑不了庙，你当人家是四六不分的傻子？啥也别想了，好好睡你的觉。

富顺叹了一口气说，唉，表姨夫也是吃饱撑的。

富顺妈说，怪不得表姨夫。但凡有一点办法，他也不会这么做，他也知道金毛银毛在咱家的分量。

富顺没有再说话，木棍似的直挺挺又躺在了炕上。黑洞洞的屋子里，时不时就能听见富顺长吁短叹的声音。就在富顺的叹息声中，窗户纸上有了一抹亮色。

正如表姨夫说得那样，最让富顺一家人扯心的事，不可避免的还是来了。秋高气爽的一个早晨，垂头丧气的兄弟俩，拉着金毛和银毛融进了石羊河滩上的骆驼群里。黑压压的骆驼像河滩里的石头一样铺满了整个河岸。无数双好奇的眼睛盯着空地上的王大队长。运输大队王大队长是个转业军人，听说在部队是个团长。

人长得五大三粗像个骆驼，穿着一身洗得发白的军装，腰里扎着一根皮带，说话和打枪一样又快又硬。他甩了甩手里的一张白纸，照着名单念着驼工的名字。念完名单之后他跳上一块石头大声说道，驼工兄弟们，我代表运输大队欢迎你们积极参加这次运送骆驼的光荣任务。但是，我把丑话说在前面，到时候别说我没有说清楚，我们共产党人做事从来都是光明正大的。大家竖起耳朵听清楚了。这一次，每个人负责十峰骆驼的运送任务。到达目的地骆驼完好无损，我们就按照事先说好的价钱，每一峰骆驼给两个银圆的报酬。如果骆驼在路途中死亡，我们不但不给银圆，相反你们还要赔偿两个银圆。你们仔细想一想，愿意干的明天就出发，不愿意干的现在就可以回家。

王大队长的话像落入深潭的石头，人群中骚动不安，大家交头接耳窃窃私语，河滩里就像一锅滚开的水。富生碰了碰富顺的胳膊，哥，你说咋办，咱们去不去？

富顺撇了撇嘴，傻瓜，送到嘴边的肉为啥不吃，骆驼又不是面捏纸糊的，那么大的架子怎么会死呢？

富生说，万一有个三长两短呢？

富顺说，万一个屁，你又不是没有放过骆驼。这么多银圆能盖好几间房子呢，咋能跟石羊河河水一样白白流走。

富生点点头说，也是，别人敢去，咱们害怕啥，银子又不咬人。

富顺看了兄弟一眼不再吭声。

吃过晚饭之后月亮已经升了起来。富顺跟水清说，咱们出去走一走。水清就跟着富顺出了家门。秋天的晚上，没有了燥热。月光下的石羊河闪闪发光，河面上就像漂了一层碎银。富顺和水清坐在河边的石头上，望着河水默默不语。村里几声狗叫，叫来了一片云彩遮住了月亮，一河的碎银不见了。富顺一声不响抓着水清的手，水清觉着富顺的手里面汗津津的不舒服。她轻轻把手抽了出来问道，富顺，骆驼队啥时候才能回来？

富顺搓了搓手说，恐怕得三四个月。

水清说，这么长时间，种一茬麦子也熟了。

富顺说，其实，不去也就不去了，就是舍不下金毛和银毛。

水清叹了口气，唉，我还不如一峰骆驼。

富顺说，你不要说这话，我心里不舒服。我不是没有办法嘛，但凡有一点办法，也不会舍下你。我算了一下，这一趟回来就能把房子盖起来了。我想让你住新房子。妈说，等过年就把你娶回来，那时我二十一了，你也满二十岁了。

水清把脑袋靠在富顺的肩上没有说话。富顺在水清脸上亲了一口说，你啥时候都是我心里的肉肉。不是为了金毛银毛，更不是为了挣这几个盖房子的钱，我才舍不得往外面跑呢。外

10

面就是个金窝窝，也不如家里这个土窝窝。

水清抬起头说：一说你要走，我心里面像一团麻。

富顺说，骆驼没了，心也死了。以后天天守着你和妈过日子，哪里也不去了。

水清说，富顺，快去快回，我等着你。

富顺说，由不得我。

水清轻轻叹了一口气。

富顺说，水清，你把头抬起来。

水清直起身子看了看富顺，干啥？

富顺说，你把眼睛闭上，有事情让你知道。

水清眨眨眼睛问道，啥事情你说，为啥要闭上眼睛？

富顺说，你睁着眼睛我不敢说。

水清想了想就闭上了眼睛。水清没有想到富顺一把抱住自己亲了起来，更没有想到富顺的舌头像一坨滑叽叽的凉粉一下塞进了自己的嘴里。水清一下子兴奋起来，身子也有些酥软，就在膨胀的激情开始蔓延的时候，她一口咬住了富顺的舌头，很快让自己冷静下来。她扭过脸挣扎着推开富顺说，富顺，你别撩逗我了，你越撩逗我，我越舍不得你走。

富顺再一次把水清揽进怀里，冷不防把手伸进水清的衣服里。水清觉得胸脯像触了电一样麻飕飕的，她使劲把富顺的手从衣服里拽了出来，富顺，可不敢由着性子来，等你回来把我娶进门，你想干啥就干啥，我都由着你。

富顺咽了一口唾沫，长长舒出一口气。天空上的云彩飘走了，明晃晃的月亮掉进了河水中。

第二天早晨，河滩上黑压压挤满了骆驼。成千上万峰骆驼在阳光下，一峰跟着一峰慢慢离开了河滩。直到太阳升到了半空中，黑压压的骆驼才腾空了拥挤不堪的河滩。望着空荡荡的河滩，水清觉得心里也像河滩一样空空荡荡。干燥的风从河滩上刮过来，轻而易举穿过了她的胸膛，轻飘飘地向远处刮去。

骆驼队走了没有几天，下了一场难得的雨水。不大不小的雨水从早晨下到晚上，石羊河一夜之间就变得宽阔起来。往日裸露的河床又一次被浑浊的河水覆盖了。河水变得精神抖擞，又成了一条朝气蓬勃的河。

水清舀满了两桶浑浊的水，蹲在河边望着石羊河发愣。记得上小学的时候，地理老师告诉大家。几千年以前，民勤这里还是一片波涛汹涌的大海。几百年以前，这里变成了一个仅次于青海湖的淡水湖，叫潴野泽，后来又叫大青湖。那个时候的民勤，自然风光秀丽，水天一色。碧波万顷的大青湖，水草丛生，

12

百鸟争鸣。三十年前，这里仍然是鸭塘柳林，遍地牛羊的世外桃源。可是，再后来，腾格里沙漠和巴丹吉林沙漠，在这里握手拥抱之后，民勤就变成了现在这个贫瘠荒凉的模样了。看着眼前荒漠的土地，光秃秃的山岭，水清怎么也想象不出老师描绘的几千年前，几百年前，甚至三十年前的美丽景象。她怀疑这是老师编造的一个故事。眼前的一切，无论如何她也想象不出，过去和现在为啥有着翻天覆地的变化。她甚至想象不出，眼前浑浊的石羊河水是从哪里流出来的，又流到哪里去，难道是从沙漠里面流出来，又回到沙漠里面去了？她知道，家乡在腾格里沙漠和巴丹吉林沙漠的包围之中。可是，她就不明白，河水是怎么从沙漠里面流淌到家门口的。她问过娘，娘摇摇头，她问过爹，爹也不知道。爹说你爷爷可能知道，他拉了一辈子骆驼，走山西，下兰州，天上的事情知道一半，地下的事情没有他不知道的。可惜，爷爷早已变成了沙粒。有一年，去阿拉善右旗途中遇上了猛烈的沙尘暴，爷爷再也没有回来。爹说，爷爷老老实实一辈子，沙尘暴把他送上了天堂。

桶里的水变得清亮了，能看见桶底黄色的泥沙。水清从地上拿起扁担，把扁担上的铁钩挂在水桶上，弯弯身子挑起水桶朝富顺家走去。水清的家在石羊河那边，跟富顺家不过五里路。富顺他们走了之后，水清隔三岔五就来富顺家帮着干一些力气活。左邻右舍的邻居跟富顺妈说，你真有福气，水清就跟自家的丫头一样，白布袜子没有里外。富顺妈笑眯眯回应道，谁说水清不是我家的丫头，你们没有发现，水清的眉眼跟我还真像呢。邻居们哈哈一乐，干脆说水清是从你肚子里掉下来的肉算了。富顺妈依旧满脸笑容说，丫头媳妇都是我的肉。

石羊河就在富顺家不远的沙包后面，夜深人静的晚上，躺在炕上隐隐约约也能听见石羊河流水的声音。水清挑着水桶刚走进小院，一只花喜鹊落到院墙上叽叽喳喳地叫了起来。站在门口的富顺妈笑着说，水清，花喜鹊给你报喜呢，富顺他们一路顺畅。

水清看了一眼墙头上的喜鹊，低着脑袋挑着水桶进了屋里。跟进屋里的富顺妈说，水清，先不要往缸里倒水，在桶里澄清就行了，我一个人用不了多少水。

水清嗯了一声说道，把扁担放到了门后面。

富顺妈说，休息一会儿吧，脸红得像鸡冠子。

水清拿起一个碗在水缸里舀了半碗水喝了起来。喝完水放下碗，水清抬起手擦了擦嘴说，石羊河涨水了，河水漫过了干河滩。

富顺妈说，石羊河一年涨两次水，春天一次，秋天一次。

水清没有说话，从柜子上拿起一把黄麻坐在小凳上。然后，把裤腿往上一撩，露出一节白花花的小腿，熟练地开始在腿上搓起了麻绳。富顺妈看了水清一眼，把张开的嘴又闭上了。她拉了几下风箱，灶膛里的火红得像一团火烧云。一会儿工夫，铁锅里的水就吱吱呀呀响了起来。富顺妈抬起头看着水清问道，水清，你要做多少鞋？

水清放下裤腿，抖了抖手里的麻绳说，他们哥俩走的时候把鞋都带走了，回来就得打光脚。

富顺妈说，骆驼费蹄子人费鞋，不容易啊，上千里的路哩。他们哥俩走了不少日子了，也不知道现在走到什么地方了。

坐在炕沿上的水清拿起一只鞋底说，我听富顺说，从民勤到武威，从武威再到青海的祁连，还要过青海湖，还要经过一个盐湖……反正走的地方多着呢，最后在一个什么地方集合。

富顺妈想了想说，那么多的骆驼，他们集合的那个地方肯定是个大地方。

水清摇摇头说道，不知道。富顺他们也不知道。

富顺妈叹了一口气说，唉，啥时候能有一条公路就安静了。

2

富顺母亲说得没有错，富生他们集合的地方的确是一片大大的戈壁滩。戈壁东西是开阔的平滩，南北两面是起伏的山峦。

有意思的是，南面的山叫哈里哈德山，是一句蒙古语，意思是长有柏树的山。北面的山直截了当就叫柏树山，不过这是一句汉文。两面的山都叫柏树山，山上都生长着稀稀拉拉的柏树，就像两个快脱光头发的脑袋。

两座遥相呼应的柏树山，就像一对孪生兄弟默默守望着对方，俯瞰着不见头尾的骆驼队，浩浩荡荡来到了这片戈壁滩。开阔的荒原上疙疙瘩瘩的骆驼草和梭梭草，一直铺到远处的柏树山下。无休止的野风乐此不疲的在荒原上荡过来又荡过去。地平线上熊熊燃烧的落日把天边烧得像通红的炉火。几声响亮的哨子声中，骆驼队在满天红霞中开始安营扎寨。富顺拽了拽金毛鼻子上的缰绳，金毛两只前腿弯曲了一下就卧在了地上。吊在脖子下面的铜铃被风吹得响了几下。叮咚的驼铃声中，后面的骆驼一个接着一个卧在了地上。富顺拍了拍金毛的脑袋，按着顺序解开拴在骆驼身后的缰绳，骆驼们前仰后合地站了起来，迫不及待地散开在戈壁上寻觅着骆驼草。金毛没有动窝，一直趴在地上看着富顺。富顺从褡裢里掏出一个馕疙瘩喂到金毛的嘴里，金毛兴奋地晃了晃脑袋，脖子下面的铜铃悠扬地又响了起来。

浓浓暮色里走过来的富生问道，哥，这就是莫河，这就是咱们要到的目的地？

富顺脸上没有任何表情，我知道。

富生失望地说，我还当莫河是个什么热闹的地方呢，没想到还是一片荒滩。目的地放在青海湖就好了，湖水比天蓝，青草跟麦苗一样绿……

富顺打断富生的话说，少说几句话，没人把你当哑巴。

富生莫名其妙，看了富顺一眼问道，哥，你咋了？

富顺望着暮色中的戈壁没有说话。

第二天是个阳光灿烂的好天气。驼工们坐在风和日丽的空地上准备开会。每个人的心情都像头顶上的蓝天一样明媚。就在大家有说有笑的时候，王大队长从帐篷里走了出来。他看了一眼黑压压的驼工们，兴奋地挥了挥手说道，驼工兄弟们，你们辛苦了。历时一个多月运送骆驼的任务，大家终于圆满完成了，我代表西北军政委员会运输大队向大家表示衷心的感谢。值得表扬的是，在这次运送骆驼的过程中，大家发扬了一不怕苦二不怕死的精神，尽心尽责完成了任务。三千六百峰骆驼居然没有一峰骆驼死亡，这是一个了不起的成绩。我们共产党人说话算话，说到做到。愿意留下来的继续拉着骆驼去香日德参加运送物资的工作，不愿意留下来的也不勉强，一会儿开完会，你们就可以到财务那里去领银圆，然后高高兴兴打道回府……

王大队长的话还没有说完，热烈的掌声就响了起来。热烈的掌声惊飞了草丛中的百灵鸟。几只惊慌失措的百灵鸟在天空中留下几声鸣叫就没有了踪影。富生兴奋的用腿碰了碰富顺说道，哥，听见没有，真的可以拿着银圆回家了。

富顺没有说话，一副无精打采的样子。

富生说，哥，你咋跟霜打的茄子一样蔫头蔫脑。妈和水清要是见到这么多白花花的银圆，不知道有多高兴呢。今天领了银圆，咱们明天就回家。

富顺看了富生一眼还是没有吭声。

富生又碰了一下富顺问道，哥，你到底咋了嘛，是不是心里舍不下金毛银毛？舍不下也得舍呀。泼出去的水还能收回来，你都卖给公家人了还能赎回来？

富顺两眼望着脚边的一蓬骆驼草还是没有吭声。

富生没好气地说了一句，我最不愿意看你这张瓷咕咕的死人脸。

晚上躺在马蹄帐篷里，听着此起彼伏的呼噜声，富顺就像听见了石羊河哗哗的流水声。想起哗哗流淌的石羊河，他就异常地思念母亲，思念水清，还有那三间泥土房，那个干打垒的小院子。可是，想归想，思念归思念，当下最让他扯心挂肚的

还是金毛和银毛。他无论如何也舍不得金毛和银毛。这是两峰
让富顺骄傲的骆驼，也是家里最值钱的财产。它们胸脯宽大，
背腰长，双峰挺立丰满，四肢关节强壮，筋腱明显，蹄子又大
又圆，毛色光滑润泽。金毛是头骟驼，今年已经整整五岁了。
一身金黄色的棕毛闪闪发光。银毛比金毛小一岁，今年刚刚四
岁，也是一头骟驼，浑身银白色的棕毛光亮晃眼。每当它们在
阳光下奔跑的时候，就像两道明亮的闪电划破荒原。每当拉着
它们从村里走过，村里人羡慕的眼光让富顺从里到外感到舒服。
两峰骆驼是他们看着出生，看着长大，看着一天天变成了两峰
雄伟的骆驼。金毛和银毛就跟一家人似的难舍难分。家和骆驼
就像他的两只胳膊，割舍哪条胳膊都钻心的疼。富顺烦躁地翻
了个身，眼泪不由自主地像水一样流进了他的嘴里。这个时候
让他舍下两峰骆驼回家，比让他去死还难受，无论如何他是做
不到的。整整一晚上富顺翻来覆去，几乎就没有睡着觉。早晨
富生发现哥哥两只眼睛红的像兔子眼睛，他知道哥哥心里放不
下骆驼，昨天晚上又煎熬了一个晚上。其实，他心里也不好受，
也跟割肉一样的疼痛。可是，不好受也没办法呀，金毛它们已
经卖给了运输大队，再也不是自己的骆驼了，他们无力改变现状。
富生无奈地望着富顺说，哥，发面烤成了馕疙瘩，想不开也没
有办法。咱们还是收拾收拾回家吧。妈和水清眼巴巴地等着咱

们回家呢。

富顺背上褡裢，拉了一下富生，跟我出去，有话给你说。

富生跟着富顺出了马蹄帐篷。走到一片空地富顺停下了脚步，从褡裢里掏出来一个沉甸甸的小布袋塞到富生怀里说，你把银圆一定拿好，回去交给妈，这是用金毛和银毛它们的命换来的。

富生吃惊地看着富顺问道，哥，你不回去了？

富顺摇了摇脑袋说，等运输任务完成之后，骆驼也没啥用了，到时候我跟领导说一说，把它俩再赎回来。

哥，你疯了。富生说，你没听表姨夫说，以后家家户户的财产都要集中起来，你就是把它们赎回来也得归合作社。再说，我听人家说越往西走越荒凉，不但气候恶劣，还有狼和狗熊……

富顺睁着两只发红的眼睛打断富生的话说道，啥也别说了，我心里有数。

富生拽了拽富顺的胳膊，一副哀求的口气说，哥，我求求你，咱们一块儿回家吧。泼出去的水收不回来了……

富顺说，我想好了。你回去和妈商量商量，别等我回去盖房，你们把房子盖好了，我也就回去了。

富生问道，哥，你，你真的不回去了？

富顺回答道，告诉妈和水清，我不让她们再过苦日子。

富生眼圈一热把脑袋扭向了一边。远处的荒野上有几只奔跑的黄羊,身后腾起的尘烟像一条长长的尾巴。富生眨了眨眼睛,奔跑的黄羊不见了。富生转过脸,看了看没有一点表情的富顺。他知道哥哥的脾气,认准的事情就像铁板钉钉不留缝隙。用母亲的话说,富顺脑袋里面没有活水。

3

拐出哈里哈德山口,眼前是一片无边无际的戈壁。早晨的太阳从水汽腾腾的地平线上冉冉升起,坦坦荡荡的大戈壁到处闪烁着黄色的光泽。一蓬蓬的骆驼草像河滩里的石头一样密密麻麻覆盖着戈壁。不紧不慢的驼铃声,给空旷的戈壁平添了几分生气。长长的骆驼队像一条长龙,缓缓从哈里哈德山谷一直滑向广阔的戈壁。湛蓝的天空上,一只黑色的鹰在盘旋,两只翅膀一动不动,就像一只纸糊的风筝。富顺扭头看了一眼身后的金毛,金毛睁着两只大眼睛也看着他。不断蠕动的两片嘴唇好像诉说着心里的喜悦。看着精神抖擞的金毛,富顺觉得阳光照进了胸脯,心里暖洋洋的舒服。富顺一边走一边想,别人的好日子是啥样他不知道,自己的好日子就是白天看着骆驼,晚上搂着水清,他就心满意足了。在莫河休息的这些天里,躺在帐篷里他就盘算着自己以后的生活。农村人没有太高的要求，平平安安，有吃有喝就是福气。他只希望把新房子盖好，过年的时候把水清娶进门，然后再把金毛银毛赎回来，那就是他梦寐以求的好日子。他不想表姨夫说的那些不着边际的好日子。什么楼上楼下，电灯电话，什么吃饭穿衣不要钱，他觉得表姨夫好像在说梦话。农村人讲实在，胡吹冒撩不能当饭吃。还是老人们说得对，一亩地两峰驼，老婆孩子热炕头才是他要的生活。

莫河这个地方牧草盐分充足，日照时间长，无论是铁匠草梭梭草，还是骆驼草都生长得郁郁葱葱。到莫河才十几天工夫，莫河的水草就让骆驼们的驼峰像鼓鼓囊囊的口袋一样饱满。虽然，莫河这片寂寞的荒地富顺不喜欢，可是骆驼们十分喜欢。只要骆驼们喜欢，富顺也就爱屋及乌了。他本想陪着骆驼们多待几天，让骆驼们好好过几天舒服的日子，可是，没有多余的时间。骆驼队必须尽快赶到香日德执行运输任务。对于富顺来说，香日德在哪里并不重要，重要的是天天能看见自己的金毛银毛，他心里就无比畅快。哪怕是去天涯海角，他觉得也无所谓。

太阳升到了半空中，哈里哈德山已经淡出了视线。干燥的戈壁上开始流淌着炙热的气浪。扑面吹来的微风也带着一股火辣辣的气息。无处不在的阳光，硬生生从脑门上抽出一层汗水。有几滴汗珠从额头上滚落下来又流进了眼睛里，蛰得眼睛又涩又痛。富顺用手揉了揉眼睛，眼泪就像水一样流了出来。单调的驼铃声显得沉闷孤寂，走在戈壁上的脚步声像流沙一样窸窸窣窣响个不停。一峰连着一峰的骆驼，蜿蜒起伏，就像一串弯弯曲曲的皮影。富顺望了一眼明晃晃的天空，一团团白云在阳光下欢快的翻腾舞蹈，空气里突然就有了一股土腥气，紧接着平白无故就刮起了大风。远处的地平线上一排黄色的波浪潮水似的涌上了天空，一瞬间半个天空就变成了黄色。没有等富顺做出反应，走在后面的金毛已经停住脚步。金毛双腿弯曲着卧在了戈壁上，其他的骆驼一个跟着一个也都卧在了地上。富顺回头看了看金毛，身子一歪便躺在了金毛身下。刚刚躺展了身子，铺天盖地的沙尘雨点似的从天而降。富顺急忙把衣服往头上一蒙，就听衣服上面噼里啪啦炒豆一样响成一片。富顺闭上了眼睛，他心里明白，沙尘暴一时半会儿停不下来。

金毛是个懂事的骆驼，每当刮起沙尘暴，它就像一堵密不透风的墙挺立在狂怒的沙尘暴中，不让肆虐的沙尘暴蹂躏自己的主人。而每到这个时候，也是富顺心里最感动的时候。任凭狂风怎么呼叫，只要挨着金毛心里就特别踏实。靠着金毛暖烘烘的身子，听着耳边疯狂的风声，他的思绪仿佛也随着狂风飞回了魂牵梦绕的家乡。

富生走了七八天了，现在应该已经回到家了。妈妈和水清见

23

到富生拿回去的那些银圆，肯定比过年还高兴。要知道，家里从来没有见过这么多的银圆。一想起妈妈和水清，富顺就异常兴奋。特别是想到望穿秋水等着自己回去的水清，富顺心里就像吃了白刺果一样不仅酸牙而且也酸心。戈壁滩上的白刺果，成熟后红的像玛瑙一样诱人。水清就像白刺果一样看着心疼想起来心酸。富顺和水清的婚姻大事，是父亲临终前说好的亲事。有一年春天，父亲从阿拉善右旗回来之后，就开始剧烈的咳嗽，有时候一个晚上都在不停地咳嗽。家里人劝他去看医生，父亲就是死活不去。家里人知道，父亲舍不得辛辛苦苦挣来的那几个钱。直到有一天咳出了鲜血，大家才把父亲送到县城一个有名望的老中医那里。清瘦的老中医，两个眼睛又大又亮，下巴上留着一撮白胡子，那个样子就像一只干干净净的山羊。他给父亲号了号脉相说，父亲得了肺结核病，这种病没有好办法治疗，只能在家里静养。父亲回到家在炕上躺了半年，病情不但没有好转，反而病入膏肓。父亲让母亲把水清父亲叫到家里。父亲和水清的父亲是从小一起拉骆驼的好兄弟。父亲说，咱们说好的事情不能变卦，你家水清就是富顺的人。水清父亲握着父亲的手说，老哥哥你放心，如果水清进了别人家的门子，将来见了面你收拾我。听了这句话，躺在炕上的父亲闭上了眼睛，瘦骨嶙峋的脸上居然还带着一丝可怜的微笑。

从那个时候起，十六岁的水清就像家里的丫头一样，三天两头来到家里帮着母亲干这干那，也就是从那个时候起，他们兄弟脚上的鞋全部是水清一针一线缝制的。母亲欣慰地说，有水清在家里照顾你们兄弟，就是死我也可以放心走了。水清这个丫头长得就像她的名字一样水灵灵清秀，心眼也干净得跟天空上的月亮一样清清亮亮。他们在一起相处的几年里，就像兄妹一样两小无猜。直到去年初夏的一天，富顺身体里才涌动出一种从未有过的异样感觉。那一刻富顺心里才真正意识到，水清不是兄妹，而是自己的女人。

夏日里的一天，母亲和弟弟不在家，屋里只有他和水清两个人。站在案板前揉面的水清，穿着一件碎花衬衣。丰满的胸前就像装着两只跳动的小兔子。火辣辣的阳光照着水清，也照着富顺。看着揉面扭动身子的水清，富顺热血直往脑袋门上冲。迷迷糊糊之中他轻轻跳下了炕，光着两只脚丫子，蹑手蹑脚走到水清身后，冷不防紧紧抱住了水清的腰。突如其来的变故，吓得水清木偶似的把两只揉面的手高高举在了空中。就在水清还没反应过来的时候，富顺两只有力的手，鹰爪一样紧紧按住了那两只跳动的小兔子。水清平静了一下，头也不回问了一句，富顺，你要干啥？

富顺喘着粗气没有吭声。水清使劲撅了一下屁股把富顺顶

25

到一边，然后回过身子看着富顺说，不叫的狗会咬人。

富顺喘着粗气说，反正你是我的女人。

水清说，现在还不是。

富顺说，今天不是明天就是，早晚是我的女人。

水清用手拍拍富顺的脸说，咱们可不能丢人败兴，你把我娶过门，我就是案板上的一团面，白天黑夜由你揉。

富顺伸出舌头舔了舔嘴唇说，你呀，脑子一点不灵活，还没有咱家的骆驼聪明。

望着富顺的花脸，水清咯咯笑了两声说道，我脑子就是不灵活，骆驼灵活你去找骆驼，可惜金毛和银毛都是骟驼。

富顺呆呆地看着水清没有说话。水清又咯咯笑着说，快去把脸上的面洗一洗，一会儿妈和富生回来要笑话。

富顺用手在脸上抹了抹，反手又把手上的面抹到了水清脸上。水清抬起胳膊在脸上擦了擦，两个人望着对方的花脸笑了。

一想起水清那个甜甜的笑脸，富顺心里就煎熬得难受，觉得浑身爬满了虱子一样痒得不舒服。富顺伸了伸蜷曲的双腿，肆虐的风暴差一点拽走他脑袋上的衣服。不知道过了多长时间，风暴渐渐减弱了强势，富顺乘机抖了抖衣服上面的沙土，重新把衣服蒙在了脑袋上。尽管风声像牛吼一样有力，富顺还是安静的闭上了眼睛。他在心里默默地对自己说，这次回去就把水清红红火火娶回家，肉贴肉睡两天。

　　当沙尘暴筋疲力尽地趴在戈壁滩上的时候，月亮已经升上了天空。干干净净的天空上没有一片云彩，碎银一样闪烁的星星嵌满了整个天空。清淡的月光水一样在戈壁上流淌，静静的夜空里，骆驼们迫不及待抖了抖浑身沙土，在月光下开始在四周寻觅草食。几个驼工开始搭建马蹄帐篷，剩下的人分头去寻找柴火。

　　小小的马蹄帐篷是用帆布做的，既简单又轻便，撒泡尿的工夫大家就把马蹄帐篷搭建利索了。这时候，寻找柴火的人们也回来了。唐排长说，赶快点火做饭，大家把水壶里的水都匀出来一些，咱们舒舒服服喝碗青稞面糊糊。

　　老驼工马有财在唐排长的催促下点着了柴火，并且在火堆上架好了黑得像炭一样的铝锅。大家纷纷把自己水壶里的水往锅里面倒了一些。二虎摇了摇身上的水壶，大大咧咧地说，我的水壶跟戈壁滩一样，一滴水也挤不出来。

　　一屁股坐在火堆旁的唐排长，乜斜着眼睛看着二虎说，我说二虎，前天你的水壶没有水，昨天你的水壶也没有水，今天还是没有水。你老占大家这点便宜有啥意思，你觉得你比大家聪明，大家都是傻瓜蛋是吧？年轻轻的脸皮比骆驼蹄子还厚，我告诉你，咱们这个组就是一个团队，要树立一人为大家，大家为一人的革命精神，不能遇到好事往前跑，碰到困难往后退。

二虎撅了噘嘴说，我不喝面糊糊行了吧。

唐排长没好气地说，不是喝不喝面糊糊的问题。我的意思是说，一个人不能太自私自利，要为大家想一想，不能啥时候都想着自己。

二虎说，我又没喝别人的水，喝我自己的水有啥错误。你们喝面糊糊，我不喝能咋了，又少不了一根头发？

唐排长说，不喝也罢，一顿不喝死不了人。

富顺拿出自己的水壶，走到火堆旁把水壶里面的水，一滴不剩倒进锅里说，这一份算二虎的。

唐排长看着富顺苦笑了一下说道，富顺，你这是何苦来着，狗咬耗子多管闲事。我这是在教育二虎，不是为难他。一个人活着不能只顾自己，大家谁也不欠他的，处处迁就只能培养他的坏毛病。

富顺不想看唐排长那个神气的样子，就把身体转向了一边。唐排长是一个转业军人，是他们这个组的组长。他们一个组十个人，一个人管理十峰骆驼，一个组有一百峰骆驼，整个运输队一共有三十六个组，三千六百峰骆驼行走在戈壁上，就像密密麻麻的蚂蚁。每到夜晚休息的时候，迷迷茫茫的戈壁上到处是星星点点的篝火，就好像天上的星星掉到了戈壁上一样灿烂辉煌。

青稞面糊糊熬好了，大家把馕疙瘩掰碎泡在碗里面，围坐在篝火旁边开始吃饭。稀溜稀溜的吃饭声中，燃烧的火焰在夜色中退去了。

唐排长放下手中的碗，用手擦了擦嘴说，吃完饭大家好好睡一觉，争取明天赶到香日德。到了香日德，任务就算胜利完成了一半，等把粮食顺顺利利送到西藏，你们就是有功之臣，到时候戴着大红花回家那多风光啊，家里人脸上也有光彩。

二虎碰了碰富顺的腿说，富顺，到了香日德咱们就煎熬出来了。可以好好吃一顿正经饭了。

富顺望着篝火没有说话。

二虎推了一下富顺说道，你咋了富顺，脸拉得跟驴脸一样，是不是舍不得那半壶水？

富顺瞪了二虎一眼说，没出息，不蒸馒头争口气。

二虎不服气地嘟囔着说了一句，当着个组长，比村里你表姨夫还尿得高。

富顺看了二虎一眼说道，少说没有用的话，面糊糊还堵不住你的嘴巴。

二虎不再发牢骚，歪了歪脑袋开始稀溜稀溜喝起了面糊糊。

晚饭跟刮风一样，一会儿工夫就结束了。几个伙计拍拍屁股上的土，站在篝火旁痛痛快快尿了一泡，然后迫不及待钻进了帐篷。

第二天没有刮风，天气又干又热。没头没尾的骆驼队在骄阳似火的戈壁上行走了整整一天，傍晚的时候终于到了香日德。从汗布达山口吹来的风，把燥热的天气变得凉爽起来。血红的落日不偏不斜吊在汗布达山尖上，戈壁滩在夕阳下泛着淡淡的红色。长长的骆驼队伍在察汗乌苏河边停住了脚步。暮色苍茫中，驼工们像见了水的鸭子一样，大呼小叫奔向察汗乌苏河边，就连听话老实的骆驼们也随着主人蜂拥似的朝河边跑去。

最后一抹夕阳被哗哗流淌的察汗乌苏河水冲得无影无踪，驼工们像脱皮的蛇一样把衣服扔在河滩的鹅卵石上，一个个光溜溜地扑进了河水中。虽然河水有些冰冷，可是，在阳光下暴晒了一天的身子火烧火燎滚烫，驼工们正需要在凉水里退退火。

此时此刻，河水里痛快的驼工们谁也不会想到，这个叫香日德的地方就是修建青藏公路的一个重要驿站。驼工们更不会知道，坐落在平滩上的香日德寺，历来就是接待班禅等宗教界上层人士往返西藏居住的地方。据说，九世、十世班禅都在香日德寺住过，只不过驼工们不知道而已。即便是知道了这段历史，

30

对于驼工们来说就跟天上的星星一样遥远。只有察汗乌苏哗哗流淌的河水才是驼工们最实际的地方。

4

骆驼队到达香日德的那天，富生终于回到了家。当疲惫不堪的富生推开家门时，坐在炕桌前吃饭的母亲着实愣了一下。望着油灯前的母亲，富生兴奋的喊了一声，妈，我回来了。

望着蓬头垢面的儿子，富顺妈一下从炕上跳到了地上，老天爷，你们可回来了，远天远地的，把人着急死了。

富生笑了笑说道，你看，远天远地不也是好好地回来了嘛。

富顺妈抚摸着儿子说，这两个月你们受了多少苦难，你看你瘦的都脱了人形，妈差点认不出你了。

富生说，回到家就好了。

富顺妈望了望门口问道，你哥呢？

富生一五一十把情况给母亲说了一遍。富顺妈叹了口气，唉，我就猜到你哥不会回来，他舍不下那两峰骆驼，金毛银毛比他的命重。

富生把母亲拉到炕边，迫不及待从褡裢里掏出小布袋，哗啦一下把布袋里的银圆倒在炕上。望着白花花的银圆，富顺妈

31

一屁股坐在炕沿上哭了起来。

望着哭泣的母亲富生问道，妈，好端端的你哭啥呢，我哥又不是不回来了。

富顺妈撩起衣襟擦了擦眼睛想道，我这是抽啥风呢，儿子回来是天大的喜事，我在这里鼻涕一把，眼泪一把做啥呢。

富生说，长这么大，从来没见过这么多银圆。

富顺妈拿起一块银圆看了又看，别说你没有见过，妈也没有见过这么多银子。

富生说，妈，有我们哥俩在，往后咱家的日子就像芝麻开花节节高，你老人家就坐在炕头上享清福吧。

富顺妈收拾好银圆笑了笑说，富生，你先喝口水，妈去擀面条，给你做酸面条子吃。

富生说，妈，明天吧，家里有啥我吃啥，凑合一下算了。

那不行，回到家哪能凑合。母亲一边说一边从面袋里开始舀面，妈知道在外面的凄苦，饥一顿饱一顿，除了馕疙瘩就是馕疙瘩。回家就不用凄苦了，想吃啥，妈就给你做啥吃。

富生说，前两天还梦见妈做的酸面条呢。我梦见你偏心眼，给我哥端了一大碗，给我端了一小酒盅。我挟起来一看，只有一根面条，气得我眼泪都流出来了。

富顺妈笑了笑说，你们哥俩就是妈妈的眼睛，一个是左眼，一个是右眼，哪只眼睛不舒服，妈妈心里都疼。

富生说，我也不知道咋做了这么一个奇怪的梦。

富顺妈说，明天一早去把头剃了，头发长得像人熊，叫你嫂子看见心里不好受。

知道。富生说着从门后的水缸里舀了一碗水咕噜咕噜喝了起来。

富顺妈扭头看了一眼黑暗处的富生，眼眶突然热了起来，两串泪水不偏不斜落在案板上的面团里。

第二天吃过早饭，富生就去村里剃了个青皮光头。没想到在回来的路上就碰上了水清。水清揉了揉眼睛望着富生问道，我没有见鬼吧？

富生拍拍光头笑了笑说，大白天哪来的鬼，我就是富生呐。

水清兴奋地问道，啥时候回来的？

富生说，昨天擦黑回来的……

没等富生把话说完，水清像兔子一样蹦蹦跳跳朝富生家里跑去。进到院子里，富顺妈正在扫院子。水清喊了一声妈，就红着脸跑进了屋子。在屋子里转了一圈,水清走出来奇怪地问道，妈，富顺哪里去了？

富顺妈叹了口气说，唉，富顺就没有回来。

水清睁大眼睛看着富顺妈，他为啥没有回来？

富顺妈还没有开口，外面进来的富生就接上了话茬，我哥掉进钱眼子里了，他想多给你挣几个银圆再回来。

怎么跟你嫂子说话呢。富顺妈瞥了富生一眼，好好说话。

富生笑了笑说，是这么回事，我哥也想回来，可是人少骆驼多，人家说我哥是拉骆驼的好手，就让他帮忙把骆驼送到香日德之后再回来。

水清问，香日德远吗？

富生想了想说，我也不知道，恐怕近不了。

水清失望地低下脑袋，一只脚在地上来回蹭了几下。

富顺妈说，富生，叫你表姨夫来一趟，就说有事情找他。

富生说，叫表姨夫干啥？

富顺妈说，有事情跟你表姨夫商量。

富生嗯了一声出了院子。

富顺妈说，水清，你不要埋怨富顺，富顺这个孩子从小就知道顾家。他也是想多挣几个钱，把日子过得富裕一些。昨天富生把钱拿回来了，富顺让咱们在家把新房子盖起来，他回来你们就能住新房了。

水清不好意思地从婆婆手里拿过笤帚扫起了院子。

富顺妈说，一会儿你表姨夫来了，咱们一块商量商量盖房

34

子的事情。

水清说，妈跟表姨夫商量就行，一切听妈的。

那哪行，富顺不在，你就顶富顺说话。

水清点了点头，抡起胳膊扫起了院子。

富顺妈说，水清，妈的意思是正房咱就不动了，妈就住在正房里。左右两边的小房子都拆了，先给你和富顺盖三间新房子，等有了钱再给富生盖三间新房子。富生比你小一岁，说话也要娶媳妇用房子。

水清停下手里的活说，妈想得周到。

富生妈说，水清，你们村里的丫头长得水灵，回头在你们村里给富生也踅摸一个好丫头。

水清说，我心里一直想着这个事呢。

我咋说耳朵像火烧了一样呢，原来你们在嘀咕我。富生走进院子问道，你们嘀嘀咕咕又说我啥呢？

水清笑呵呵地说，妈要给你张罗媳妇呢。

富生摸了摸光头说，要张罗就张罗一个跟嫂子一样漂亮的媳妇，要不然就别给我张罗，我还想一个人利利索索过几年清闲日子。

富顺妈笑着说，美死你。我让你叫的人呢？

富生说，表姨夫要去公社开会，他说晚上来家里。

富生妈说，咱们晚上等你表姨夫。

当天晚上水清做了一个梦。她梦见自己在河边梳妆打扮。清亮的河水变成了一面明明亮亮大镜子，镜子里面的自己穿了一身红缎子衣服，头发里还插了一朵小的白花。站在旁边的富顺长袍马褂，穿戴的像个阔少爷。富顺笑呵呵地说，水清，今天你就是我的新娘子，一会儿你就要上花轿了。

她站起身子向后望去，果然看见有一顶花轿朝河边走来。她兴奋地看了看富顺，富顺转眼就不见了。她急得四处寻找着富顺，没想到富顺就在她身后。富顺一把将她抱起来朝花轿跑去，谁知道跑了几步就摔倒了。富顺满脸是血，那个样子把她吓醒了。望着黑洞洞的屋顶，她闭上眼睛想把那个梦延续下去。可是，任凭她怎么想走进这个梦里都徒劳无功。于是，她就开始想着远方的富顺。她的眼前仿佛出现了富顺拉骆驼的画面。茫茫荒野上就富顺一个人慢慢行走。富顺身后是金毛和银毛，金毛银毛后面还有数不清的骆驼。骆驼越走越远，富顺也看不见了，她在迷迷茫茫的画面中睡着了。

第二天早晨，水清想起这个梦，脸红得跟被面一样。她翻了一下身子，将红布被子蒙在了脑袋上。

第二章　人面桃花

1

就在家里面紧锣密鼓筹建盖新房的时候，骆驼队已经趟过了最后的托索河，沿着布尔汗布达山脉一直向西行走。左边光秃秃的布达山脉若离若现，右边一望无际的戈壁寸草不生。远处水汽腾腾的地平线上，显现出一片隐隐约约的绿洲，绿洲里面还有几栋红色的楼房。富顺望了一眼水汽腾腾的绿洲，他知道那是戈壁上的海市蜃楼。午后的骆驼已经有些疲惫，就连叮叮咚咚的驼铃声也没有早晨清脆。闷声闷气的驼铃声里，富顺低头看了一眼脚上的布鞋。布鞋前面已经磨出了眼睛一样大小的两个洞，大脚趾龟头似的一伸一缩，鞋里面好像乌龟尿了尿一样滑唧唧的不舒服。原来厚厚实实的鞋底，现在薄的像一张纸。虽然富顺在鞋里面垫了两层破皮子，时不时还有小石子往里钻，把脚底磨得像针扎一样痛。其实，富顺不是没有鞋换，他只是舍不得穿那双新鞋。那双鞋是水清熬夜赶出来的，鞋里面还垫着一双漂亮的鞋垫。鞋垫是白布做的，两只鸳鸯是用红绿丝线绣的，旁边还有两朵绿油油的荷花。想到那双漂亮的鞋垫，富顺忍不住从褡裢里掏出新鞋，又从新鞋里抽出鞋垫看了起来。白色的布像一池清清亮亮的水，两只鸳鸯在水池里缠缠绵绵，水池里盛开的荷花就跟真的一样绿得水灵。望着水中的两只鸳鸯，富顺仿佛就看见了水清。

说不清楚是怎么回事，这些天富顺特别思念水清。昨天晚上他梦见水清死了，他紧紧搂着死去的水清悲痛欲绝，最后自己把自己哭醒了。他小心翼翼坐起来，帐篷里的呼噜声打雷似的响成了一片。他披上大衣走出帐篷，一个人站在戈壁上望着月亮。忽然之间，富顺发现戈壁的夜空是这么明亮，透明的天空里没有一片云彩，闪烁的星星比老家的星星还要明亮。远处山顶上两颗明亮的星星，好似水清的一双眼睛，就那么直盯盯地看着自己。

昨天晚上临睡觉前听唐排长说，这个地方离民勤老家大概有一千多里路程。富顺的心一下就沉到了肚子里。他知道前面还有几千里路程等着他，他和老家的距离越来越远，和水清的距离也越来越远。想到还有几千里路程，富顺就颇烦起来。老天爷，什么时候才能走完这几千里路呀。月光下的富顺，心情跟月光一样苍白。不知过了多长时间，叮叮咚咚的驼铃声惊醒了富顺。富顺扭脸看了一眼身后，金毛温顺地站在了富顺跟前。富顺眼圈一热，拍拍金毛的脑袋说，吃草去吧，我一会儿回帐篷里睡觉。

金毛在叮咚的驼铃声中走了。富顺解开裤子尿了一泡，然后转身又回了帐篷。

离开香日德之后，每峰骆驼驮着三百多斤粮食在戈壁上已经走了几天。驮着重物的骆驼们，明显没有前几天走的有劲。原本轻松的步子，现在变得沉重起来。在莫河休整的时候，骆驼们喜欢吃的骆驼草遍地都是，那些天是骆驼们享福的日子。背上的两个驼峰吹气似的吹得坚挺饱满。马有财说，莫河离茶卡盐湖不远，土质里面含有盐分，生长出来的草也有咸味，所以骆驼们喜欢吃。可是，到了香日德之后，骆驼们的好日子也就结束了。不但没有咸草吃，还得驮着重物前行。早晨给骆驼上驮子时，他摸了摸金毛银毛的驼峰，驼峰没有前些日子那么饱满，明显有些松弛了。他掏出两个馍疙瘩悄悄塞进金毛银毛的嘴巴里，宁愿自己少吃几口也不能苦了它们。

死一般寂静的戈壁上，被风吹动的细沙石，甲壳虫一样飞快地奔跑着。富顺知道大风很快就要刮起来了。离开香日德这些天，每天下午不是刮大风就是沙尘暴。富顺看了看天色，果然天空变了颜色。西面的天空黄蒙蒙一片，东面的天空也变了颜色。就在这个时候，前面的骆驼停住了脚步。富顺拽了拽金毛鼻子上的缰绳，金毛从鼻子里发出两声喊叫，好像叹气似的两只前腿弯曲了一下跪在了地上，跟在后面的骆驼也一个个都跪在了地上。富顺快速将金毛背上的驮子卸下来，接着又卸下银毛背上的驮子，当他把十峰骆驼背上的驮子都卸下来时，从远处涌过来的黄色波浪已经漫到了半空中。富顺不慌不忙把金毛背上的羊皮取下来，平平展展铺在金毛身体下，然后蜷缩着身子躺在了羊皮上面。

这张羊皮是他冬天用的褥子，这次参加运输队时他把两张羊皮缝制的褥子一分为二，给金毛和银毛背上各搭了一张羊皮，他担心驮粮食的架杆会磨破它们的皮肉。富顺没有想到，原本为骆驼们准备的羊皮，一路上帮了自己不少忙。灰蒙蒙的天空已经变成了土黄色，跟着大风就会从天而降。富顺把衣服往脑袋上一蒙，大风擦着金毛的身体就刮了过来，接着衣服上面就有了落雨点的声音。

落雨似的沙尘响了一会儿就不响了，富顺掀掉脑袋上的衣服看了一眼，大风来得快走得也快，天空上黄腾腾的沙尘化雪一样正在散开。富顺爬了起来拍打了一下衣裤，奇怪地打量着戈壁滩。往日的大风不把月亮刮出来不会善罢甘休，今天太阳还在天空上大风就停住了。富顺把羊皮拿起来抖了抖，重新搭在金毛的背上。就在他准备把粮食驮搬到骆驼背上时，就听见唐排长的哨声响了，原地休息的喊叫声也传了过来。富顺解开骆驼们的缰绳，骆驼们迫不及待站起来觅食去了。

　　马蹄帐篷扎在一条不知名的小河旁边。唐排长告诉大家，天气还早，大家多准备一些干粮。明天开始就不能耽误时间了，要抓紧时间赶路程，无论如何下个星期要赶到格尔木。

　　就在唐排长说话的时候，马有财已经挖好了一个半米深的土坑。富顺把干柴点着扔进土坑里，等土坑的火把内壁烧得滚烫之后，马有财利索地把揉好的面饼一个个贴到土坑的内壁上。一会儿工夫，土坑内壁就贴满了密密麻麻的面饼子。

　　唐排长蹲在土坑旁边好奇地问道，老马，这个办法不错，因地制宜，多快好省，是哪个聪明人发明的？

　　马有财抹了一把胡子拉碴的嘴说，我也不知道是哪个人发明的，我们拉骆驼的人祖祖辈辈都会做馕疙瘩，祖祖辈辈都吃馕疙瘩。

唐排长说，一方水土养一方人啊，我们老家就喜欢吃大米饭。

马有财看了唐排长一眼问道，唐排长老家是哪里的？

唐排长说，四川。

好地方。马有财一边从坑里面往外捡着烤好的馕疙瘩一边说，听说四川一年四季绿油油的，撒什么种子都长苗。

唐排长拿起一个烤得焦黄的馕疙瘩咬了一口说道，好吃，好吃。我们四川水肥地美，物产丰富。不过，四川的天可没有这里的蓝，成天雾蒙蒙的不见太阳。

土坑里的馕疙瘩拣空之后，富顺说，马叔，你抽袋烟歇一歇，我来烤馕疙瘩。

马有财把身子让出来说，好，我抽袋烟。

富顺卷起袖子熟练地将面团拍成饼子，然后一个个贴到土坑的内壁上。

唐排长摇摇头说，没想到富顺跟女人一样利索。

马有财说，富顺家里祖祖辈辈也是拉骆驼的，他爹许大成是有名的拉骆驼好手，走过的地方比富顺吃过的馕疙瘩还多，去关外，走黄河，还拉着骆驼进过北京城里呢。

唐排长说，你们民勤骆驼多，拉骆驼的好手也多。

马有财抽完了烟，又把烟锅递给唐排长，唐排长摆了摆手，马有财把烟锅别在腰里说，民勤的沙漠吃庄稼，不拉骆驼活不出来。

唐排长拍了拍富顺的肩膀问道，富顺，我发现你不太爱说话，像个小姑娘一样。

富顺看了唐排长一眼说，没见我正忙着呢，哪有工夫说话。

唐排长笑了笑又说，富顺，我听二虎说，你媳妇长得水灵灵的，跟画上的美人一样漂亮。

富顺说，还没有进门呢。

唐排长说，别忘了，到时候请我们喝喜酒啊。

富顺点点头，行。

二虎笑嘻嘻地蹲在富顺跟前说，富顺，到时候闹洞房你可不许拦着。

富顺说，我又不是看门狗。

二虎看了唐排长一眼说道，唐排长，你说人的命是不是老天爷定好的？人家富顺不吭不哈，不慌不忙就找了个漂亮女人。

唐排长说，这不是命的问题，说明富顺有本事，不服气你也找一个漂亮女人。

二虎说，漂亮女人谁不喜欢，可是，漂亮女人不喜欢我。我这一辈子也不会有富顺的好福气。人家富顺的女人，桃花脸蛋红扑扑，葡萄眼睛毛茸茸，月牙眉毛杏仁嘴，两个酒窝甜丝

43

丝……

没等二虎把话说完，富顺就把一个面饼贴在了二虎嘴上骂道，狗怂货，我还没有看那么仔细呢，你倒看了个清楚。

二虎站起身子，把嘴巴上的面饼拽下来说，小气鬼，就是看清楚能咋了，我还能把水清身上那两坨肉肉吃了。

富顺捡起一块石头吓唬着二虎骂了一句，狗怂你再说？

二虎见势不妙转身便跑，不料，被脚下一蓬野草绊倒摔了个大马趴。

天还没有黑下来，月亮已经爬上了天空。大家在篝火旁就着开水吃完馕疙瘩就钻进了帐篷。淡淡的月光下戈壁变得一片朦胧。富顺在空地上撒了一泡尿，正准备回去睡觉，发现小河边上有一团忽明忽暗的火光。富顺知道，那是马有财在抽烟。富顺走过去一声不吭坐在了马有财旁边。马有财用大拇指按了一下烟锅，然后深深吸了一口烟，红红的火光在黑夜里就像兔子的一只眼睛。

马叔你想啥呢？

想我兄弟呢。

你兄弟在哪？

马有财说，死了。

富顺没有说话，两眼直盯盯地望着夜空。

停了一会儿，马有财说，驼娃子的日子就像黑夜一样难熬着哩。

富顺说，马叔，讲一讲你兄弟的事情。

马有财把烟锅在石头上磕了磕说，回去睡觉吧，年轻人瞌睡多。

富顺说，我陪你坐一会儿。

马有财又说了一遍，年轻人瞌睡多，回去睡觉吧。

富顺看了一眼马有财，站起身朝帐篷走去。回到帐篷里，大家都睡了，富顺躺在羊皮上，刚把大衣盖在身上就听见马有财低沉的歌声……

铜铃铃响来西北风吹

走不尽的荒滩过不完的河

搭起帐篷滚一锅水

馍疙瘩冻得硬邦邦

哎哟，拉骆驼的人儿呀

铜铃铃响来西北风吹

掌柜的有钱热炕头头上睡

驼娃子拉骆驼走草地

挣不下几个麻麻钱

哎哟，拉骆驼的人儿呀……

苍凉的带着思念味的歌声冷风一样吹得富顺鼻子发酸，富顺翻了个身闭上了眼睛。

2

几天后的一个傍晚，骆驼队在金光灿烂的天色里停在了一片野生枸杞林前。蓬蓬勃勃的枸杞林一眼望不到边。枸杞树上晶莹剔透的红果果，就像一只只小灯笼，把枸杞林映得一片鲜红。人困马乏的骆驼队在枸杞林旁扎下了帐篷。卸下驮子的骆驼们，迫不及待冲进枸杞林中贪婪地吃起了枸杞叶。二虎和骆驼一样冲进枸杞林，撸回来半帽壳枸杞，盘腿坐在地上大口朵颐，吃得两片嘴唇血淋淋似的。

瓜怂货。马有财走过来一把夺过二虎手里的帽子扔到一边说道，你不要命了二虎，这是诺木洪的野生枸杞，吃多了要流鼻血，还会死人呢。

二虎张着红嘴看着马有财说，马叔，你别吓唬人，没听说过枸杞子能吃死人，人家都拿它泡酒喝呢，说是滋补身体有好处。

马有财索性盘腿坐在地上说，你个瓜娃娃，啥都不懂。再好的东西一旦过量，比砒霜还厉害。我像你这么大的时候，有一次给马步芳的部队运送粮食。一路上风餐露宿，饥肠辘辘，每天一个人就只能吃一个馍疙瘩。人瘦得皮包骨头，走路就像风摆柳。有一天我们也是到了一片枸杞林。大家扔下骆驼像狼吃羊似的，冲进枸杞林里吃得嘴巴血染了一样。没成想到了半夜，大家开始流鼻血。我兄弟鼻子嘴里的血像小溪水一样流个不停，怎么止也止不住。刚塞上的棉花，喘口气的工夫就被血泡透了。就连见过世面的老驼工也没有一点办法。他领着几个驼工在帐篷外面给我兄弟挖好了一个坟墓。望着兄弟那个样子，我的心都碎了。天快亮的时候，可怜的兄弟对我说，哥，别把我一个人扔在这里。说完这句话，兄弟闭上了眼睛。那一年，我兄弟才十六岁，再有三天就是他的生日。唉，说不成呐，驼工的日子就像在刀锋上行走一样，一不小心就会出麻哒。那天唐排长说得没有错，咱们驼工出了门就是一家人，大家要像麻绳一样紧紧拧在一起。

二虎舔了舔嘴唇说，我知道了马叔。

马有财说，我不想让你成为我兄弟。

二虎又问道，马叔，你兄弟就死在这里？

马有财伤感的说，要是在这里，我能不去看他？远着呢，山那边的谷地里还有一片枸杞林，我是没有时间去看他呀。

二虎说，怪事情，枸杞子咋还能吃死人。

马有财说，咋不能吃死人？身体太虚弱，吃过头就变成了毒药，枸杞在中医里面就是一味药材，你个瓜怂娃。

马有财说得没错，当天晚上二虎就知道枸杞子的厉害了。半夜起来尿尿的时候，二虎突然流起了鼻涕。他用手抹了一把清鼻涕，手指头上全是黑红色的血。二虎吓坏了，提着裤子跑进帐篷喊马有财，马叔，马叔，你快醒醒，我要死了，马叔你救救我……

大家在二虎的喊叫声中惊醒了。马有财打开手电筒照了照二虎的鼻子，大惊小怪，我还以为狼来了。这点血要不了命，用冷水洗一洗就没事了。

二虎半信半疑地看着马有财问道，马叔，真的没事？

马有财说，傻小子睡凉冰炕，全凭火力旺。

富顺爬起来说，二虎别害怕，我帮你洗一洗鼻血。

二虎感动地跟着富顺出了帐篷，富顺打开水壶盖说，把冷水灌进鼻子里就好了。

二虎手心里接了一点冷水，仰起头把冷水灌进了鼻子里。

来来回回灌了几次，鼻血果真止住了。二虎长长吐了一口气说道，刚才真把我吓死了，要是跟马叔的兄弟一样扔在这里算咋回事。

富顺说，你头一回出来拉骆驼，多看多学多记。

二虎用力点点头说，富顺，我听你的。

二虎的话音刚落地，清冷的戈壁上传来一声孤零零的狼嗥。

早晨天还没有完全亮，骆驼队就出发了。朦朦胧胧的天色里，长长的骆驼队像一条游走在戈壁上的长虫，丝啦啦的声音刮风一样响个不停。天空中闪烁的星星像一盏盏熬干的油灯，一个接着一个慢慢熄灭了。叮叮咚咚的驼铃声中，最后一颗星星没有了踪影时，远处的地平线开始一点点变得绯红，紧接着就像火一样燃烧起来，飞溅的火苗变成一片片彩云飘在天边。

天空上鲜红一片，富顺脚底板也是一片鲜红。垫了皮子的鞋底又被磨破了。一路上反反复复垫了好几次，鞋底和鞋帮终于分道扬镳了。富顺拿出那双黑条绒面的新布鞋轻轻贴在了脸上。带有水清气息的布鞋就像水清的手贴在自己的脸上。富顺感觉到了水清手上的体温，还有水清手心里汗津津的感觉。太阳爬到了半空中，富顺觉得温暖像空气一样包围着自己。他从鞋里面抽出鞋垫在阳光下端详着那一对鸳鸯，然后小心翼翼揣到了怀里面。他觉得那两只鸳鸯在怀里面亲昵起来，嘀嘀咕咕的声音就像鸽子在叫，翻起的水花飞溅到了眼睛里，眼睛里面立刻就模糊了。富顺使劲甩了一下右脚,右脚上的破鞋像石头一样飞了出去。他又使劲甩了一下左脚,左脚上的破鞋也像石头一样飞了出去。他弯下身子穿上新鞋,用力在地上踩了踩脚,他觉得腰板一下就挺直了,脚底下轻快的像风在流动。富顺看了一眼身后的金毛,金毛正瞪着两只圆圆的大眼睛看着自己。他伸出手在金毛脖子上拍了拍说,再坚持一些日子,等到了西藏我就挣钱了,我把你和银毛赎出来咱们就回家。

金毛摆了摆脑袋,清脆的驼铃声一瞬间就被野风带到了远方。

糟糕的天气和脚下的路程一样不会总停留在一个地方。日子被骆驼厚墩墩的蹄子踩碎了一天又一天。早晨出发的时候,还是晴空万里的天气,中午一过天上就飘起了毛毛细雨。滴滴答答的细雨刚淋湿了衣服,突然又变成了豌豆大小的冰雹。子弹一样的冰雹下了一顿饭的工夫,又变成了铺天盖地的鹅毛大雪。马有财赶到前面去问唐排长,这么糟糕的天气,骆驼队是不是原地休息?

唐排长说,天又塌不下来怕啥子。

马有财讨了个没趣,灰溜溜的又走了回来。二虎一见马有财急忙问道,马叔,唐排长咋说?

马有财没好气地说了一句,下刀子也得走。

二虎朝地上呸了一口骂道，把人当牲口使。

马有财说，把臭嘴闭上。

二虎歪了歪脑袋不再言语。

骆驼队在飘飘洒洒的大雪中行走了一天，又在飘飘洒洒的大雪中停住了脚步。大家在纷飞的雪花里卸下粮食驮子，便迫不及待地开始搭建帐篷。富顺熟练地卸下每一峰骆驼背上的驮子，解开拴在骆驼身上的绳子。可是，骆驼们已经没有了往日的精神，一个个卧在雪地上就像一个个石雕。富顺从一个装青盐的口袋里抓出一把青盐刚走到金毛跟前，金毛就张开了嘴巴。富顺把青盐扔进金毛的嘴巴里面，然后又走向银毛，等到给十峰骆驼喂完青盐回到前面的时候，金毛用嘴巴咬住了富顺的大衣。富顺心里明白金毛的意思。离开莫河之后，这一路上各种草叶里面都不含盐分，骆驼负重没有盐分很快就会拖垮身体的。为了给骆驼补充体力，队里专门分发了青盐。随着体力不断消耗，骆驼们越来越需要盐分补充，可是，前面路途迢迢，分发的青盐是有定量的。望着可怜巴巴的金毛，富顺犹豫了一下，还是侧过身子挡住后面的骆驼，悄悄往金毛嘴巴里又扔了一把青盐。

天气明显比前些日子冷了。躺在帐篷里就像躺在冰窟窿里一样。富顺猴子似的把整个身体蜷缩在皮大衣里还觉着四处漏风。往常裹着皮大衣睡觉身上还不觉得冷，今天身上的皮大衣就像一张单薄的纸一样。富顺想起了家里的火炕。土炕和灶台是相通的，只要做饭，土炕就是热乎的。晚上躺在热乎乎的土炕上，无论外面多么寒冷，土炕就像火炉一样让人温暖。想着想着富顺就觉着自己躺在了家里的土炕上，想着想着富顺又迷迷糊糊睡着了……这是房后的那棵桃树，富顺眼睁睁看着桃花瓣一片一片展开，一会儿工夫桃树上的花瓣全都绽放开了。水清的脸也出现在了桃花中间，富顺好奇地伸手去摸水清的脸，忽然桃花瓣雪一样纷纷落下压得富顺喘不上气来。就在这时，不知谁喊了一声帐篷塌了。富顺在喊叫声中睁开眼睛，轻飘飘的马蹄帐篷就在自己身上。帐篷被大雪压塌了，帐篷里的人迷迷瞪瞪骂起了娘。唐排长打亮手电看了看手腕上的表说，该起来了，大家收拾好帐篷准备做早饭。

大家把帐篷掀起来的时候，天边已经开始放亮。下了一天一夜的大雪停了，戈壁滩变得干干净净。没有干柴烧水，大家一把雪一口馕疙瘩算是吃了早饭。就在骆驼队准备出发的时候，二虎发现一峰骆驼躺在了雪窝里。他用脚踢了踢骆驼，骆驼硬邦邦的身体像块石头。二虎转过身喊叫起来，我的骆驼死了，我的骆驼死了……

唐排长在死骆驼周围转了一圈，抬眼看了看马有财。马有财摇摇头说，前面的路途还长着呢，骆驼的麻烦才刚刚开始。

高原飞雪的山谷里，骆驼队像一条疲惫不堪的长龙游走在无边无际的荒野之中。他们用坚韧不拔的骆驼精神，走过春夏秋冬，用脆弱又强大的生命穿梭在无人区和一条条死亡之谷。

二虎又踢了踢骆驼说，别的骆驼都好好的，怎么你就这么不经折腾。

唐排长说，把粮食驮分给其它骆驼，咱们出发。

二虎吸溜了一下鼻子拉着骆驼走了。白茫茫的雪原上，那峰死去的骆驼就像一块白色的石头静静地摆放在雪地里。就在大家心情沮丧的时候，一阵阵狼嗥让大家的心颤抖了一下。

富顺没有回头，他知道这一群狼已经跟了他们好些日子了。有一天晚上，富顺出来尿尿，他看见山坡上有一排绿色的眼睛。他知道那是一直跟着骆驼队的狼群。可是，富顺没有想到，狼群这么快就达到了目的。一想到狼群，富顺心里就像压了一块石头。他下意识地扭头看了一眼身后的金毛，金毛也看了他一眼，他赶紧扭过头躲开金毛那一双干净的眼睛。

太阳还没有出来，西北风卷起的雪花迷茫了整个天地。富顺把皮大衣上面的绳子使劲紧了紧，可是挡不住冷风依然在身体里游荡。富顺把身子往金毛跟前靠了靠，金毛默契地歪了歪脑袋，用粗大的脖子挡在富顺身体前面。

骆驼队在雪原上留下的痕迹，转眼就被肆虐的风抹平了。长长的骆驼队在风雪中就像一根晃晃悠悠的绳子，一会儿晃向东边，一会儿晃向西边。晃着晃着暮色就笼罩了荒原。

骆驼队在暮色之中停住了脚步。大家从厚厚的大雪下面寻找了一些柴火，在帐篷里点燃一堆火取暖。湿漉漉的柴火光冒烟不起火，熏得大家眼泪汪汪睁不开眼睛。马有财走到火堆跟前，撩起皮大衣的下摆扇了一会儿，烟雾缭绕的火堆里面腾的一下窜出一股火苗，接着柴火噼里啪啦燃烧起来。烟雾慢慢散了出去，水壶里的雪水也烧开了，大家开水就着馕疙瘩稀里糊涂吃了晚饭，一个个面袋似的歪倒在帐篷里睡了。

半夜的时候火堆熄灭了，帐篷里和外面一样寒冷。马有财爬了起来，打着手电筒钻出了帐篷。过了一会儿，马有财抱着一堆柴火回到了帐篷。他把柴火轻轻放在地上，又一根一根的把柴火摆放成塔形。然后，点燃一张报纸放到柴火下面。柴堆底下的报纸熄灭了，白云似的青烟缭绕在帐篷里。唐排长揉着眼睛坐起来问道，老马，你搞啥子名堂嘛，呛死人了。

二虎也爬了起来说，熏旱獭呢。

马有财没有说话，单腿跪地对着柴堆不紧不慢吹了几口气，柴堆里立刻就闪出了火光，接着大火就燃烧起来，黑洞洞的帐篷里面一下子亮堂起来。

唐排长不好意思地干笑了两声说，对不起老马，我刚才说话太冒失。

二虎也说，马叔，我说的不是人话，你别往心里去。

马有财一屁股坐在羊皮上，不慌不忙装了一锅烟说，骆驼冻死就冻死了，人要冻坏了手脚，活不好死不了，凄惶一辈子呢。

唐排长往火堆跟前挪了挪问道，老马，你拉了多少年骆驼？

马有财吐出一口烟，风风雨雨三十多年。

唐排长佩服地点点头说，不容易啊不容易。

马有财说，睡觉吧，离天亮还早着呢。

唐排长打了个哈欠躺下了。

二虎装模作样地说，马叔，我陪你说说话。

马有财看了一眼迷迷瞪瞪的二虎说道，睡你的觉，抽完这锅烟我也睡。

二虎嗯了一声，身子一歪躺下了。马有财磕了磕烟锅，从布袋里又捏了一撮烟丝塞到烟锅里，然后在火堆上点着抽了起来。一袋烟抽完了，火堆也快熄灭了。马有财起身走出帐篷，又拿了一些柴火添到火堆上。看着火堆慢慢燃烧起来，马有财一屁股又坐在羊皮上面，随手拉过皮大衣往身上一裹闭上了眼睛。

越往前走海拔越高，天气也越来越寒冷，大家的手和脚都生了冻疮。早晨出发的时候，二虎使劲搓着又红又肿的手指头说，痒得钻心，真有心一刀跺了，省得受这个洋罪。

富顺伸出手说，就你一个人难受，你看，我的手指头就像

57

透明的胡萝卜。

二虎说，昨天晚上在火上面烤了烤，半夜里就流黄水了。

马有财说，瓜怂货，冻疮哪能在火上烤，你不想要手指头了？

二虎说，脚丫子也冻了。

马有财说，走吧，驼娃子身上离不开冻疮和虱子。

把他先人哩。二虎骂了一句，一瘸一拐向前走去。

雪原凝结了一层不薄不厚的硬盖。走在上面就像踩碎了薄薄的冰层，扑哧扑哧的声音从早到晚回响在雪原上。在白茫茫的雪原跋涉了几天，骆驼队终于在阳光灿烂的天气里把雪原甩在了身后。为了恢复恢复体力，让饱受饥饿的骆驼们好好吃一天草，骆驼队在一条冰冻的河边扎下了帐篷。富顺把金毛身上的驮子卸了下来，抚摸着金毛软塌塌的驼峰心里不是个滋味。他拍拍金毛的脖子，金毛立刻前仰后合地站了起来，迫不及待地跑向枯黄的草滩。富顺又把银毛身上的驮子卸下来，同样拍拍银毛的脖子，银毛也迫不及待向草滩跑去。

望着冷风中枯黄的芨芨草，富顺心里忐忑不安。路途还没有走了一半，骆驼已经开始消瘦。如果继续消瘦下去，恐怕骆驼们连站起来的力气都没有了。富顺有些后悔参加运输队了。宁愿把金毛和银毛交给合作社也比参加运输队强。原来他只想着多挣一些钱，把新房子盖起来，体体面面把水清娶进家门。

然后，把金毛和银毛顺顺利利赎回来，现在看来自己想得太简单了，打错了算盘，天底下哪有一举两得的好事情。他觉得脑袋瓜幼稚的像个孩子，运输大队的银圆不是那么好拿的。更让他没有想到的是，运输粮食的路途这么艰难坎坷。以前他也经常拉着骆驼出门，去过张掖、武威，也去过兰州和宁夏，最远还去过包头，可是，无论什么地方都比这条路走得容易，没有碰到过这么糟糕的鬼天气。特别是死了那峰骆驼之后，富顺心里开始有些后怕。看着一天天消瘦的骆驼，他想象不出遥遥无期的路途上还会发生什么事情，还有多少无法预料的凶险在等着骆驼队。他不敢想以后的事情，也不愿意想以后的事情。他知道，现在想啥都是枉然。就是人家让你走，你也跑不出茫茫的大戈壁。现在能做的就是不断向老天爷祈祷，祈祷老天爷保佑骆驼队一路平安，保佑金毛银毛顺顺利利回家。有了回家这个念头，富顺就异常的想家。家里的一切都是那么温馨那么美好，那么让人牵肠挂肚。就在他独自发愣的时候，有人在肩膀上拍了一下。富顺扭头看了一眼，发现唐排长正笑眯眯地看着自己。唐排长问道，富顺，一个人站在这里发呆，是不是又在想未婚妻呢？

没有。富顺躲闪着唐排长的眼光说，想她干啥，想也没用。

唐排长还是笑眯眯地问道，没有想脸怎么红了？

富顺摸了摸脸说，拉骆驼的人，哪个脸蛋不是红的。

唐排长说，我想起来了，你们那里的人就是脸蛋发红。有一个顺口溜我还记得，什么炕上坐着红脸蛋，锅里煮着洋芋蛋，驴粪蛋当煤炭，羊皮筏子当军舰，是不是啊，我没有记错吧。

富顺笑了笑没有吭声。

唐排长说道，我观察了一路，你这个小伙子踏踏实实的，能吃苦耐劳，又是一个拉骆驼的好手。运输大队打算在莫河这个地方办骆驼场，专门给青藏运输线养骆驼。

富顺说，莫河这个地方紧挨着茶卡盐湖，土质里面含盐分大，生长出来的植物也含盐分，骆驼不但喜欢吃，而且对骆驼身体也好。十天半个月的工夫，骆驼就上了膘，两个驼峰圆鼓鼓的。

唐排长说，正因为莫河是个养骆驼的好地方，所以才要成立骆驼场。骆驼场的驼工就是国家正式工作人员，吃供应粮，按月发工资。你要是愿意留下来参加工作，我们热烈欢迎。将来结了婚还可以把媳妇接来，也参加养骆驼的工作，也能吃供应粮食，也能按月拿工资。

富顺半信半疑看着唐排长问道，真的？

当然是真的。唐排长说，我们开会的时候，王大队长亲口说的。不瞒你说，完成了运输任务，我们这一批转业军人都可能到骆驼场工作。

富顺挠了挠脑袋说，挣工资养骆驼，吃着供应粮，我还是

60

头一次听说，天底下还有这样的好事情？

唐排长拍拍富顺的肩膀，现在是新社会，什么好事情都不奇怪。你好好想一想，想好了告诉我。

富顺点了点头，我想一想。

唐排长个子不高也不矮，穿着一身发白的军装显得特别精神。望着唐排长渐行渐远的背影，富顺心里突然轻松起来。如果像唐排长说得那样就好了，不但能和水清在一起，而且还拿着工资，关键又能和金毛银毛在一起。富顺觉得这是打着灯笼也找不到的好事情。他心里有点蠢蠢欲动，他打算跑完这趟运输任务，回去就跟水清商量这个事情。富顺抬起头望了一眼远处，刚才还郁郁寡欢的心情现在变得开朗起来。往日枯黄单调的戈壁滩，也变得温柔了许多。当天晚上，富顺做了一个梦。他梦见自己骑在金毛身上，水清骑在银毛身上，一条平坦的马路一直通向哈里哈德山脚下。马路两边长着好多茂盛的杨柳树，漫山遍野鲜花盛开，还有一条哗哗流淌的河水从山坡下流过。河东面的山坡上是骆驼，河西面的山坡上也是骆驼，清清亮亮的河水像一面镜子，蓝天白云，还有一只飞翔的鹰都在镜子里面。他俩骑着骆驼刚走到河中间，水清便从银毛身上掉进了河水里。他急忙跳进河里去救水清，谁知道河水突然一下没有了，水清也不知道去了哪里。望着光秃秃的干河滩，他心急如焚地呼喊着水清，喊着喊着就被马有财推醒了，富顺富顺你醒一醒，大呼小叫跟上鬼了。

富顺一下子坐了起来问道，我说梦话了？

马有财说，别把胳膊压在胸脯上面。

月光像梦里面的河水一样流进了帐篷里，帐篷里面清清亮亮。帐篷外的戈壁安安静静，好像风也睡着了。富顺想出去撒泡尿，可是，冷飕飕的天气他又懒得动弹，就那么憋着一泡尿缩在皮大衣里望着帐篷外面的夜空。一颗流星划过天空不见了，富顺忽然就想到了老天爷。世界上到底有没有老天爷，如果有老天爷，老天爷是不是住在天宫里，就像戏里唱的那样，玉皇大帝住在高高的天宫里，天兵天将站在宫门的两边。有天宫就有月宫，就是嫦娥住的那个地方。想着想着他又想起了刚才那个梦，想起了水清。可是，想来想去只能想起水清一个大概的轮廓，水清的模样变得模糊不清。想着想着他忽然想起二虎说的那几句话，桃花脸蛋红扑扑，葡萄眼睛毛茸茸，月牙眉毛杏儿嘴，两个酒窝甜丝丝。想到这里，富顺忍不住扑哧一下笑了，他赶紧用手捂住自己的嘴，心里美滋滋地骂了一句，二虎这个狗日的。

戈壁上的风像天空上的云一样随便，想来就来想走就走，刚才还是风静月明的好天气，这会儿已经开始骚动起来。一股股肆无忌惮的冷风大大咧咧闯进了帐篷，帐篷里仅存的一点温度逃走了，富顺急忙把脑袋缩进了皮大衣里。

3

富顺做梦也没有想到，骆驼队在雪花飞舞中匆匆赶路的时候，自己的新房子已经干净利索地盖好了。三间青瓦白墙，四面青砖柱的新房子在阳光下熠熠生辉。槐木打成的门框门板窗格子散发着淡淡的槐花香味儿，房子两头翘起来的装饰像两只弯弯的牛角刺向空中。屋脊上站着两只烧制的青色鸽子展开双翅，一副腾空欲飞的样子。

就在大家站在院子里欢庆新房时，一只花喜鹊落在了屋脊上叽叽喳喳叫个不停。富生指着花喜鹊对水清说，嫂子你听，花喜鹊也在为你高兴呢。

水清乐呵呵地露出一口白牙说，村子里的人眼热死了。

别说村子里的人了，我都眼热死了。富生说道。

富顺妈乐得脸上像开了一朵花，你眼热啥呢，等你明年说上媳妇，也给你在对面盖三间房，跟你哥的一模一样。你们兄弟俩，开开门就能看见对方。

富生不好意思地挠挠头，我说着玩呢，我才不着急找媳妇呢。好好还没有活人，老婆娃娃狗连蛋一样还不把人缠死。

水清在富生肩膀上拍了一下，咯咯咯笑了起来。

富生说，这有啥好笑的，明明就是这么回事嘛。你看村里那些后生们，没娶媳妇前活得自由自在，娶了媳妇没几年，沟子后面滴里嘟噜跟着一长串，你说是不是狗连蛋。

水清双手捂着肚子笑了起来，一边笑一边用手抹着眼睛说，笑死我了，既然富生不想让狗连蛋缠死，那我就不用再麻烦给你找人了。

富生挺了挺胸膛，一副不屑的样子，吓唬谁呢，我才不稀罕，大不了这一辈子当个晃鬼，一个人吃饱全家不饿。

富顺妈说，烫死的麻雀嘴硬。到时候看你哥嫂日子过得红红火火，还不把你眼热死。

富生说，不信算了，咱们骑驴看账本走着瞧呗。

水清平静了一下情绪又说，刚才碰上表姨夫了，表姨夫说，他晚上来家里有事情要说呢。

富顺妈想了想说，恐怕你表姨夫有啥事情呢。富生，你去打点酒，顺便告诉表姨夫晚饭来家里吃。你表姨夫为咱们家的新房子可没有少操心。

富生嗯了一声，抬头看了看偏西的太阳，转身便向院外走去。

最后一抹亮色从新房子上退去的时候，院子里响起了表姨夫的咳嗽声。水清划着火柴点亮油灯，表姨夫就推门走了进来。富顺妈热情地把表姨夫让到炕桌前坐下说，炒菜都凉了，给你再热一热。

表姨夫盘腿坐在炕上，拿出烟锅不紧不慢地说道，不用热不用热，没有那么娇气。唉，刚开完会我连家门都没有进就着急忙慌来了。

富生凑到炕跟前问道，表姨夫，公社又有啥精神？

表姨夫把烟锅凑到油灯前点着，使劲吸了一口说，把他的，这个会没开完那个会就来了，一天开了好几个会，脑子里就像一锅面疙瘩。

富顺妈说，富生，别忙着说话，快把酒给表姨夫倒上。开了一天的会，表姨夫肯定饿了。

富生哎了一声，给表姨夫倒了一杯酒。表姨夫看看炕桌上摆着一盘炒鸡蛋，一盘洋芋丝，还有一盘咸萝卜菜。他拿起筷子看了大家一眼说，跟木头桩似的站着干啥，大家一起吃，又没有个外人。

富顺妈一屁股坐在炕沿上说，都上炕坐吧，你表姨夫说得也是，都是家里人，又没有外人。

富生猫一样蹦到炕上，挨着表姨夫坐下说，我负责给表姨夫倒酒。

富顺妈身体往炕里挪了挪，用手拍拍炕沿说，水清，别站着了，挨着你表姨夫坐。

水清笑了笑坐在炕沿上说，好，我挨着表姨夫坐。

表姨夫把烟锅在炕沿上磕了两下，往腰里一别端起了酒杯。富生见表姨夫喝干了杯中酒，急忙拿起酒瓶子又倒满了酒杯。

富顺妈说，他表姨夫吃菜啊，光喝酒不吃菜胃里不好受。

表姨夫吃了一口油汪汪的炒鸡蛋，放下手里的筷子，抹了抹嘴巴说，我今天来是为了这事情。上面又要招收驼工参加运输工作，条件和上一次差不多，棉大衣棉帽子毡袜子都给发，不一样的是这次不发银圆了，每月发三十块人民币。而且，这一次比上一次要强，路途中骆驼死了不用个人赔偿。我觉得这个差事不错，管吃不说还能挣钱。我说富生，你要是想去我就给你把名报上，这一次名额是有限的。

富生看着表姨夫没有说话。

表姨夫又说，去不去由你，我就是听听你是啥意思。

富生说，谢谢表姨夫，让我想一想。

表姨夫喝了杯中酒，放下酒杯看了看富顺妈，你说呢，我看这是个好事情。大小伙子待在家里干啥，咱们拉骆驼的就靠出门挣生活呢。

富顺妈说，由娃自己吧。

表姨夫说，虽说拉骆驼是一件受苦出力的事，可是也是一个挣钱的机会啊，天底下没有两头甜的甘蔗。话说富生也该跟他哥一样，盖房子娶媳妇了，手里头有几个活钱，跟等着钱用

66

就是两码事。

富顺妈说，他表姨夫想得周到，没钱的日子难熬啊。

表姨夫抬眼看了看富生，你们不知道那个时候的可怜。有一年咱们这里大旱，本来就不太长庄稼的薄地硬是颗粒无收。你们小哥俩正是长身体的时候，那一年你爹出门给人家拉骆驼去了，你妈没有办法，做贼似的早出晚归给你们要饭吃。我记得有一次，你妈饿得晕倒在了路上，我从口袋里掏出半块烤洋芋递给你妈，你妈张了张嘴巴，又把嘴巴闭住，把那半块洋芋揣进了怀里，你猜你妈咋说？

富生摇了摇头。

表姨夫说，你妈对我笑了笑说，我没事了，留给孩子们吃吧。当时，我的个心里就像小刀刀割一样。唉，那个日子真叫个苦哩。

富顺妈打断表姨夫的话说，他表姨夫别说了，都是些陈康烂谷子的事情。

表姨夫说，好了好了不说了，这不是丢人的事情，让孩子知道有好处。

富生说，表姨夫，我明天给你话。

好。表姨夫说了一个好字，喝干了杯中酒，然后跳下炕说还要去开一个会。大家见留不住就由他去了。表姨夫走后，一家人又围在炕桌说话。水清看了看富生问道，富生，你咋想的？

富生看了看母亲问道，妈咋想的？

富顺妈拿起筷子说，吃饭，你们不饿我饿。

富生看看水清，水清看看富生，俩人谁也没有说话，乖乖拿起筷子吃了起来。房子里没有了声音，只有咂嘴吃饭的声音。吃完了饭，水清收拾了桌子准备洗碗，富顺妈说，水清，天不早了，让富生送你回去。

水清说，洗了碗我就走。

富生妈说，几个人的碗，我闭上眼也不发愁，你还是早点回去。

水清看看富生，富生说，就听妈的，我送你回去。

水清跟婆婆说了一声，跟着富生出了家门。在回家的路上水清说，我看出来了，妈的意思不想让你去。

富生说，怪我回来说话多了。

水清问，啥意思？

富生说，我给妈说，运输物资路上，不死也得扒层皮。

水清停下脚步一把扯住富生问道，富生，你不是说路上挺顺利吗？

富生知道说漏了嘴，哈哈一笑说，我就是给妈这么一说。其实，路上虽然辛苦一点，但是没有什么危险。

水清说，那为啥不去挣这个钱，坐在家里风能刮来钱？富生，你给我说句实在话，路上是不是有危险？

富生说，有啥危险，平坦坦的路上，除了刮风下雨就是晒太阳。

水清说，我不信。

富生说，说实在的，真没有危险，就是走路走得辛苦。天不亮动身，太阳落了休息。你又不是没看见，我不是活蹦乱跳地回来了吗？

水清半信半疑过了石羊河。

送了水清回来后，富生见母亲坐在炕上发呆。他洗了一把脸也上了炕，坐在母亲对面问，妈，你咋了？

母亲拿起一根针拨了拨灯捻，没咋，就是身体不舒服。

富生说，不舒服就早点睡吧。

母亲一扭身拉开被子说，那就早点睡。

富生脱了衣服躺进被窝说，其实，表姨夫也是为了咱们家好。

母亲没有吭声，一口吹灭了油灯。

黑暗里母亲叹着气说，唉，刚才你嫂子在妈没有说，害怕她心里不踏实。你看你回来那个样子，人不人鬼不鬼，妈心里有数。我也知道钱不是坏东西，可是再好也得有个够啊。再说，你哥现在咋样谁也不知道，我心里没有一天安静过。有钱能咋，没钱又能咋，只要有人，比有一座金山强，活人你当就是活钱哩？

我知道活人不是活钱。富生说，我就是不想让你再受苦。

母亲说道，我一点不觉苦。你爹在的时候，常年累月在外面拉骆驼，妈领着你们过日子。你爹走了，妈吃糠咽菜拉扯你们兄弟也没觉得苦。现在新房子盖好了，你哥过年回来把你嫂子娶进门，一家人红红火火的过日子，妈高兴都来不及呢，还有啥苦？记住妈的话，妈只想看着你们一个个活蹦乱跳，看着咱们家这个小院一天比一天热闹，一天比一天红火，妈这一辈子就心满意足了。明天去告诉表姨夫，就说我不让你去。

富生没有说话，轻轻叹了口气。

你哥娶了媳妇，妈能看着你打光棍？你们兄弟两个就像妈妈的两只眼睛，少了哪一只眼睛，妈妈都看不见光亮。

听着母亲絮絮叨叨，富生就觉着眼眶突然热了起来，跟着眼泪顺着脸颊流到了枕头上。此时此刻，富生的思绪穿过门窗飞了出去。一瞬间，他异常思念茫茫戈壁上的哥哥和没头没尾的骆驼队。他不知道骆驼队现在到了什么地方，他心里只有一个简单的希望，就是哥哥能平平安安回来。可是，富生无论如何也不会想到，此时此刻的哥哥也在痛苦中煎熬。

月光从窗格里钻了进来，小小的炕桌两边没有了声音。但是，小桌两边的四只眼睛月光似的一直亮到了半夜。

第三章 风是一把刀

1

骆驼队快到格尔木的时候，碰上了无法逾越的察尔汗盐湖。坚硬的盐盖像麻麻扎扎的石板一样让骆驼们软塌塌的蹄子吃尽了苦头。骆驼肉墩墩的蹄子在沙漠里行走就像鱼儿在水里一样自如，可是，在戈壁上行走就已经磨损的蹄子，特别是在坚硬的盐盖上行走，就跟在锉刀上行走一样让骆驼们痛苦难忍。

夕阳下的察尔汗一片寂静，光秃秃的盐盖上面什么也没有，就连一根枯黄的草叶都难以寻觅。昆仑山顶上血一样红的落日，给察尔汗涂抹了一层神秘色彩。

71

富顺从骆驼身上卸下粮食驮子后，筋疲力尽的骆驼们一动不动卧在盐盖上，眼巴巴看着富顺。富顺看着一望无际的察尔汗，额头皱成了一个疙瘩。骆驼们已经几天没有好好吃东西了，庞大的身躯在不断消瘦。富顺不知道该怎么办，他去找唐排长，唐排长摇着脑袋说，没得办法，只能往前走，到了格尔木就好了。

富顺又去找经验丰富的马有财，马有财说，我以前就走过两趟香日德和诺木洪，这个鬼地方我也是头一回来。

富顺说，骆驼几天没有好好吃喝，再走下去恐怕骆驼站不起来了。

谁说不是。马有财说，拉了一辈子骆驼，从来没有见过这样灰头土脸的烂怂地方。天上不见一只鸟，地上不见一棵草。不过，走出这片鬼地方就到格尔木了，到了格尔木人和骆驼就活过来了。我听唐排长说，格尔木水多草茂。

富顺蔫头耷脑回到骆驼身边，从褡裢里掏出最后几个馍疙瘩掰开，分别给每一峰骆驼喂了一块。看着手里剩下的半块馍疙瘩，他想了想还是塞到了金毛嘴里。富顺把手心里一点碎渣渣扔进嘴里，一屁股坐在金毛跟前，慢慢蠕动着空荡荡的嘴巴。

天边最后一朵彩云变得暗淡了，光秃秃的察尔汗被灰蒙蒙的天色所笼罩。暮色里二虎幽灵一样飘到了富顺跟前问道，富顺，你咋了？

富顺抬眼看了二虎一眼，长长吐了一口气。

二虎蹲在富顺跟前说，你不说我也知道你心里想啥呢。早知道跟唐僧西天取经一样艰难，在莫河就应该和富生一块儿回家。为了这几个银子，再把命搭在这条路上，那才叫个倒霉呢。你还比我强，我连女人的手都没有摸过。

富顺说，世上没有卖后悔药的。

二虎说，听人家说，越往前走路程越不好走，海拔又高，喘气跟拉风箱一样，能把人活活憋死。唉，现在可好，就是想逃跑也跑不出荒滩戈壁。

富顺说，说啥也晚了。

二虎说，老人们说得一点没错，钱难挣，屎难吃。

富顺说，人倒也罢了，再苦再累死不了人，可怜这些骆驼了，没有吃没有喝，你看瘦得就剩下一个骨头架了。

二虎说，别说骆驼了，尿泡尿照照你自己，馍疙瘩都喂了骆驼，自己的脸还没有巴掌宽，眼窝窝都塌进去了。

富顺说，我不忍心看见它们倒下。

二虎递给富顺一个馍疙瘩，我才不像你那么傻呢，人的命总比骆驼金贵吧。

富顺接过二虎递过来的馍疙瘩，啥话也没有说，就狠狠咬了一口。见富顺吃得有滋有味，二虎忍不住又掏出一个馍疙瘩，吧唧吧唧吃了起来。两个人嘴里像嘣豆子似的嘎嘣嘎嘣直响。

富顺说，要是有一缸子开水就好了。

二虎笑着拍拍裤裆，睁着眼睛说梦话，光秃秃的地方连根草都没有。尿倒是热的，喝不成呐。

富顺打了二虎一下，真是一张狗嘴。

二虎笑哈哈地走了。吃了一个馒疙瘩，富顺感觉舒服多了，身体也暖和了一些。他莫名其妙笑了一下，然后起身朝帐篷走去。

就像二虎说得那样，光秃秃的察尔汗盐湖上找不到一根柴草，躺在帐篷里就像躺在冰面上一样寒冷。大家一动不动缩在皮大衣里面，帐篷里没有一点声音。不知道躺了多长时间，富顺冻得实在躺不住了，干脆爬起来穿上皮大衣走出了帐篷。察尔汗的月亮格外明亮。站在空荡荡的天空下，望着空荡荡的盐湖，富顺觉得心中一片荒凉。无遮无挡的冷风扑面而来，冻得富顺浑身哆嗦起来。富顺察看了一下卧在盐盖上的骆驼，解开裤子快速尿了一泡尿，提着裤子又钻进了帐篷。

第二天早晨风还没有停止，呼呼的野风把帐篷吹得摇摇摆摆。大家在冷风中睁开眼睛时，每个人的眉毛嘴唇上都结了一层白霜。唐排长站起来活动着僵硬的身体说，日妈哩，把人冻成了冰棒棒。大家赶快起来活动活动，小心冻坏了手脚。

二虎坐起来使劲挠着脚丫子说，脚丫子已经冻坏了，跟个冻柿子一样。

马有财说，别挠了，挠破了流黄水才麻烦呢。

二虎一边穿鞋一边发着牢骚，我就不该逞这个能，这一次出来咋就这么倒霉，放屁都砸脚后跟。

唐排长说，少发几句牢骚能掉一块肉，一路上就你毛病多，你看大家谁跟你一样？吃一点苦受一点累就牢骚满腹，你又不是资产阶级阔少爷。

骆驼队在硬邦邦的盐盖上面又忍受了一天的煎熬，第二天下午终于走出了充满艰辛的察尔汗盐湖。面对满地枯草的格尔木，大家像走进天堂一样高兴。尤其是那些死里逃生的骆驼们，一看见大片大片枯黄的草，眼睛立刻放起了亮光，连驮子都没有卸下来就扑向冷风摇曳的草丛中去了。

1月份的天气已是滴水成冰的寒冷。冷冰冰的荒原板着面孔迎来了骆驼队。当天晚上，大家砸开冰冻的格尔木河，用冰块烧开了一壶水。坐在单薄的马蹄帐篷里，喝着半开不开的水，吃着石头似的馕疙瘩，浑身冷得像风中的树叶。望着一筹莫展的大家，唐排长往火堆里扔了几根干柴说，我们在部队的时候，一遇到困难连长就说，只有千锤百炼才能炼出来好钢，只有吃大苦才能磨炼意志。所以，我们骆驼队也要经历了这个过程才能磨炼意志，最后才能成为好钢。

马有财说，唐排长说得对着呢，吃得苦中苦，方为人上人。我们这些拉骆驼的驼娃子虽然成不了人上人，但吃得苦中苦，就有甜上甜。唐排长，我说得对不对？

唐排长笑了笑，对是对，可是，从你嘴巴里说出来就觉得别别扭扭的。

马有财说，啥别别扭扭，老百姓不会拽好听的词，说话和过日子一样实在。

唐排长说，不和你们摆龙门阵了，实在太累了，我要好好睡一觉。

见唐排长要睡觉了，大家也感觉困乏，于是，纷纷歪倒身子躺在了自己的羊皮上，裹紧大衣闭上了眼睛。

无拘无束的大风越刮越凶，天快亮的时候，居然把帐篷从地上拔了起来，像风筝一样飞上了天。唐排长打开手电筒照了几下空空荡荡的天空，大声喊了起来，帐篷不见了，帐篷被大风吹跑了……

大家在冷风中冻得瑟瑟发抖，紧捏着身体下面的羊皮生怕被大风刮走。过了一会儿大家一个个爬了起来，在大风里东倒西歪地分头去找帐篷。冷风从脸上抽过就像鞭子荡过去一样火辣辣的疼痛，手里紧紧抓着的羊皮跟一面面布一样随风飘扬。大家在冷风中折腾了好半天，也没有找到被风吹走的帐篷。太阳从昆仑山顶上升起来的时候，终于在一片红柳林中发现了帐篷。马有财让大家把帐篷重新扎在红柳林旁边，大家就把帐篷扎在了红柳林旁边。马有财说，再大的风也不会把帐篷吹上天了。

刮了一晚上的大风终于停住了，上午的天气变得格外晴朗。唐排长晃了晃手里的枪说，我去打只野物回来，咱们改善一下生活。

谁也没有把唐排长的话当真，也就是说没有把唐排长放在眼里。没想到唐排长一会儿工夫扛着一只黄羊回到了帐篷跟前。唐排长把黄羊扔在地上说，格尔木的黄羊脑袋瓜缺氧，看见人也不知道跑。

二虎疑惑地问道，这只黄羊是你抓的？

唐排长笑着说，你去抓一只试一试。

二虎走到死羊跟前看了看说，还是枪打的，我还以为真是你抓的呢。你要是空手能抓只羊，你就跟孙悟空差不多了。

马有财把手里的刀递给二虎说，话比屁多，剥羊皮去。

二虎不情愿地接过刀子走到黄羊跟前。蹲下身子刚剥了两下就把羊皮割开一道长长的口子。二虎把刀往地上一扔说道，马叔，我从来没有干过这个活。

马有财走过去拿起刀，把羊蹄子的皮子划开，然后再从胸脯开始剥皮，最后让富顺和二虎把羊抬起来，两手抓着皮子用力往下一拉，就像脱衣服一样轻轻松松把羊皮拽了下来。马有财把羊皮铺在地上，看着二虎说，开膛破肚，大卸八块能干吧。

富顺和二虎把剥得精光的黄羊放在羊皮上面，二虎看了看马有财，拿起刀子开始开膛破肚。唐排长用佩服的口气说，老马了不起，剥羊皮就跟脱衣服一样容易。

马有财拿出烟锅笑了笑，说句不好听的话，拉骆驼的人除了不会生孩子，啥活都难不住。

唐排长说，生娃儿本来就不是男人们的事情。男人拉骆驼，女人生娃儿，个人干个人的事情嘛。要是男人能生娃儿，世界不乱套喽。

马有财吐了一口烟说道，没有男人，女人连条虫也生不出来。

唐排长说，我晓得，我就是那么一说噻。

二虎把两只手伸进羊肚子里暖和了一会儿说，马叔，你给大家说说男人女人生孩子的事情呗。我听他们说，男人和女人舒服了，女人就怀上孩子了，是不是这么回事？

马有财说，回家问你爹去，是不是他舒服了，就有了你这个瓜怂货。

大家哈哈哈笑了起来。

中午的时候羊肉煮好了，大家围在锅边痛痛快快吃了起来。吃完了羊肉，又在羊肉汤里拌了一些面疙瘩。人高马大的二虎饭量也大，一连吃了三大碗疙瘩汤还觉得没有吃饱。马有财夺下二虎手里的碗骂道，狗日的你不想活了，吃了那么多的肉，又吃了三碗饭，你是饿死鬼转的。这里海拔这么高，吃得太多会胀死你个狗日的。

二虎舔着嘴唇乜斜了马有财一眼。

马有财说，你不要瞪眼睛二虎，不是马叔不让你吃，你又不是吃我马有财的，我是害怕吃坏了你。你要不害怕，你就往死里吃。

二虎一副破罐子破摔的口气，吃一顿算一顿，谁知道明天还能不能吃上呢。

马有财说，啥也不要说了，拉骆驼就是这个命。

唐排长担心二虎动摇军心，便开始批评二虎思想落后。二虎歪着脖子不服气就跟唐排长顶嘴。顶来顶去把平常笑眯眯的唐排长惹火了，唐排长沉下脸问道，二虎我问你，你是什么出身？

二虎反问唐排长，祖祖辈辈给东家拉骆驼，你说是啥出身？

唐排长愣了一下说，革命不是请客吃饭，革命就是会死人的。

战争年代如此，和平年代也如此。如果没有流血牺牲，革命也不会成功，如果不付出代价，怎么能建成社会主义，怎么能进入共产主义？

二虎说，什么主义我也不想要，就想平平安安过日子。

唐排长说，不推翻压在劳动人民头上的三座大山，哪有平平安安的幸福日子？不打倒你们村里的地主恶霸，你二虎还有今天的好日子？

二虎忽然怪笑了两声说，这你就不知道了唐排长，我们村里有一个地主，大家都叫他王善人。王善人一天到晚跟个笑罗汉一样，谁家有困难求他，他都帮忙解决困难。我听人家说，王善人从来没有打骂过给他家干活的穷人，自己跟受苦人一样干活，一样在一个锅里搅勺子，可惜，这么好的一个善人，不明不白的还是让土改工作组给抓了起来……

胡说八道，唐排长打断二虎的话说道，天下乌鸦一般黑，哪有什么善良的地主，我看你阶级立场有问题。政府不会冤枉一个好人，也不会放走一个坏人。

二虎指了指富顺说，不相信你问富顺。

富顺看看唐排长，又看看二虎说，你就不能把那张臭嘴闭上，少说两句能掉肉还是能死人？

二虎说，你这个人就是伸不展，说一下就能掉肉还是能咋？

唐排长说，富顺，你就说一说，看他还有啥话说。

富顺低着头说了一句，反正，听说村子里有人准备给他立碑。后来解放了，就没有给他立。不过，王善人把家里一百多峰骆驼捐献给了政府，政府还给他发了奖状，这个事情我知道，当时还放鞭炮来着，我们都跑去看热闹。

二虎得意地看看唐排长，我没有胡说吧。

唐排长说，捐献骆驼的事情是真的，但不能说明他以前就没有欺压过老百姓，剥削过老百姓。也许他在耍两面派，也许他在放烟幕弹。地主像狐狸一样狡猾，你们知道个锤子。老马岁数大，经见的事情多，你们让老马说说。

马有财看了一眼唐排长，你让我说啥，十个手指头伸出来还有长有短。人在干天在看，老天爷心里明镜一样。

唐排长看着马有财皱了皱眉头说道，没得文化真要命，看起来不学习确实不行。政治思想糊涂，是非就搞不清楚。

马有财笑了笑问道，唐排长，你见过拉骆驼的文化人吗？

唐排长张了张嘴，啥话也没有说出来，转身回帐篷睡觉去了。见唐排长钻进了帐篷，马有财望着大家说，看我干啥，又不是没见过。还不回去好好睡一觉，明天精精神神走路。

大家懒洋洋地站了起来，拍着肚皮回帐篷睡觉去了。富顺没有回去睡觉，他挨着马有财坐下说，我不想睡觉。

马有财说，现在睡觉暖和，晚上冻得受不了。

富顺拿起烟锅装了一锅烟递给马有财。马有财从火堆里拿起一根柴火点着烟锅问道，想水清了吧？

富顺没有吭声。马有财吸了一口烟说，马叔也是从你这个年龄过来的。没有娶媳妇的时候日子还好过一些，娶了媳妇真叫个难熬哩。白天有骆驼陪伴倒也不觉啥，晚上躺在帐篷里，想媳妇想得心尖尖疼。

富顺说，我在想新房子的事情呢。

马有财说，富生把银子带回去了你发个啥愁？等回去新房子肯定盖好了，你就高高兴兴娶媳妇吧，别忘了请马叔喝喜酒啊。

富顺不好意思地挠了挠脑袋笑了。马有财看着富顺哈哈哈笑了起来。一阵冷风吹了过来，呛得马有财剧烈地咳嗽起来。马有财擦了擦挣出来的眼泪，一回头发现帐篷里睡觉的二虎站在了自己身后。他挥挥手说，日他的，你出来干啥，回去睡觉，回去睡觉……

二虎说，听见你们说媳妇，瞌睡就没有了。

马有财站起身说，瓜怂货，养精蓄锐知道不？

二虎摇了摇头，又走回了帐篷。马有财看了富顺一眼说，睡觉去吧。

富顺懒洋洋站了起来说，我也没有瞌睡。

马有财没有搭理富顺，自己钻进帐篷睡觉去了。

骆驼队休整了短短两天之后，人困马乏的骆驼队便向西南方向的纳赤台出发了。淡淡的月光下，影影绰绰的骆驼队像一把笨钝的剪刀，慢悠悠剪开了薄雾弥漫的黑夜，天边渐渐露出了一片晨曦。

富顺在冷风中一边走一边吃着馕疙瘩，一个馕疙瘩吃完了，太阳就跃上了天空。天空蓝得透明透亮，比河水洗了还干净。越往前走，远处的雪山看得越发清楚，喘气也感觉越来越困难。人走得气喘吁吁，骆驼们也走得无精打采，嘴角两边不断往下滴着豆浆似的白沫沫，脸上粗大的筋筷子似的从皮毛下突凸出来，显得脑袋又瘦又小奇奇怪怪。富顺摸了摸金毛的脸，金毛没有往常那样兴奋，脖子下面的铃铛也像坨铁疙瘩一样没有多大声响。听不见叮叮咚咚的驼铃响，富顺心里就十分郁闷。他知道金毛它们已经被遥远的路途和身上的重物快拖垮了。一路上缺吃少喝匆匆赶路，特别是通过察尔汗坚硬的盐盖时，骆驼们肉墩墩的蹄子几乎被磨通了，它们的体力基本上已经快消耗殆尽。从莫河出来的时候，金毛和银毛还是两峰威风凛凛的骆驼，可是，现在两峰骆驼就像得了病一样虚弱得让人担心。原来金毛身上的皮毛在阳光下闪闪发光，现在乱糟糟地贴在身上连光泽都没有了。富顺看着有气无力的骆驼们，心里压了一块石头一样沉重。

太阳升到了半空中，富顺大张着嘴巴喘了几口气。他觉得胸口又沉又闷，太阳穴两边有一下没一下地跳着疼。富顺心里明白，这个反应就是人家说的高原反应，同时他也清楚地认识到，真正的麻烦开始了。

2

这是一条开阔的山谷。走出山谷就是叫纳赤台的地方。骆驼队几乎用了十多天时间才从格尔木走进这条山谷。又长又宽的山谷，夹在连绵起伏的群山之间。两边陡峭的高山上白雪皑皑，分不清楚哪片是云哪片是雪。骆驼队一走进山谷，气氛就像大山一样显得凝重起来。谷地里到处散落着动物白瘆瘆的尸骨，虽然下午的阳光洒满了谷地，还是让人有一种不寒而栗的感觉。富顺觉得棉帽子里面的头发慢慢地竖了起来，脊梁骨也变得冷飕飕的。他仰起脑袋朝前面看了看，走在前面的马有财脚步明显慢了下来，已经落到了头驼的后面。他又扭头看了看身后的二虎，二虎显然也迈不动脚步了。他一只手抓着骆驼脖子上的毛，一只胳膊像根柴棍在空中甩来甩去。山谷里几乎看不见什么植物，大大小小的石头铺满了谷地，骆驼们小心翼翼绕过石头艰难行走。

太阳刚刚偏西，黑夜的影子便来到了山谷。骆驼队在一片相对平展的地方停住了脚步。大家拿出最后的力气卸下骆驼身上的驮子，山谷里已经没有亮色了。骆驼们有气无力地耷拉着软绵绵的脖子，一副要死不活的样子。富顺拿起青盐口袋，给每一峰骆驼喂了一把青盐。然后，背过身体把一个馕疙瘩一掰两半，悄悄地塞进银毛和金毛的嘴巴里。

帐篷扎在一块大石头后面。这里靠着山体比较背风，帐篷里面没有火，也没有说话声，回荡着一声又一声喘息的声音。不知过了多久，就在大家昏昏欲睡的时候，一声凄凉的狼嗥赶走了大家的睡意。黑洞洞的帐篷里，大家竖起耳朵听着动静。接着又是一声狼嗥，那个声音好像风一样轻而易举就穿透了帐篷，紧接着狼嗥声响成了一片。

马有财说，不知道狼群盯上了哪一峰骆驼。

富顺说，哪一峰骆驼都筋疲力尽了。

马有财划亮火柴点着烟锅，一明一暗的火光里响起了拉枪栓的声音。唐排长一声不吭走出了帐篷。月亮已经升了起来，帐篷里面有了亮色。一声清脆的枪响，谷地里又恢复了死一样的宁静。

一会儿工夫，唐排长提着枪回来了。他一屁股坐在羊皮上说，鬼地方不好喘气，要不然就能追上那只头狼了，大家可以好好吃一顿狼肉。

马有财说，这地方的狼不干净，它们吃过人肉。

唐排长说了一句也是，便裹着皮大衣躺下了。

二虎站起身跺着脚说，冷得睡不成。马叔，把你的手电筒用用，我出去找点能烧的东西。

马有财把手电筒递给二虎说，下午我就观察过了，没有什么干柴火，捡一些干骆驼粪就成。

二虎接过手电筒，用脚踢了一下富顺说道，富顺，你陪我一块去，我一个人害怕。

富顺不情愿地坐了起来，害怕就凑合一晚上。

二虎说，冷得睡不成嘛，你们不觉得冷？

富顺站起身子说，刚把身子焐热了，出去又冻硬了。

毛病。二虎拉了一把富顺说，一会儿点着火就暖和了。

富顺跟着二虎刚走出帐篷就听见一声狼嗥，吓得两个人又回到了帐篷里。二虎把手电筒递给马有财说,冻死也比狼吃了好。

富顺躺下说，咱们挤在一起睡暖和一点。

二虎往富顺跟前一躺，立刻叫喊起来，谁放的屁，臭死个人。

第二天早晨起床的时候，二虎抱着脑袋叫富顺，富顺富顺，我的头发冻在地上了，你帮我把头发拔出来。

富顺弯下身子把二虎的头发轻轻从地上拔了出来。二虎坐起身子摸着脑袋骂道，日她个娘哩，幸亏是头发冻在了地上，要是把身子冻到地上还得扒一层皮哩。

马有财抹了一把白花花的胡茬说，谁让你睡觉不老实，你把脑袋款款放在羊皮上，能把头发冻在地里面。

大家哆哆嗦嗦走出了帐篷。富顺给骆驼上驮子的时候，发现有一峰骆驼站不起来了。任凭富顺怎么折腾，骆驼就是无法站起来。富顺把驮子卸下来，骆驼挣扎着站了起来，接着扑通一下又卧在了地上。富顺冲着马有财喊道，马叔，有一峰骆驼恐怕不行了。

马有财说，把粮食驮换给别的骆驼。

富顺说，给唐排长说一说，能不能再休息一天。如果再休息一天，也许骆驼能缓过劲来。

马有财走过来看了看，别说一天，怕是十天也缓不过来了。你看它眼睛里已经没有了光亮的神情，说明它真是不行了。

富顺说，山谷里都是狼。

马有财说，那你背着它走？啥也别说了，赶快收拾驮子上路，今天还要赶到西大滩呢。

富顺把卸下来的粮食口袋,分散放在别的驮上。做完这一切,他拉了拉金毛鼻子上的缰绳,恋恋不舍离开了那只可怜的骆驼。

雾一样的瘴气开始在谷地弥漫,大家像喝多了酒一样迷迷糊糊,东倒西歪地在瘴气缭绕的谷地中缓缓前行。太阳升过高高的山顶时,谷地里刮起了山风。刚才还笼罩谷地的瘴气,一瞬间荡然无存。无遮无拦的谷地里,畅快的风把陡峭的山石抽得鬼叫一样刺耳。

天空上几只盘旋的秃鹰不顾一切地从空中向谷地里俯冲下来。

富顺看了看无精打采的金毛,无比深情地说,金毛啊金毛,你跟银毛一定要坚持住,等走完了这一趟我就领你们回家。

金毛没有摇摆脑袋,脖子下面的铜铃也没有响。猛烈的山风从金毛眼睛里把眼泪掏了出来,晶莹剔透地挂在脸上。

长长的山谷望不见头也看不见尾,长长的骆驼队伍像条长龙也不见首尾。天上的白云在风中舞蹈,骆驼队在山谷里蜿蜒行走。走着走着天色就变得暗淡下来,走着走着富顺的骆驼群中又有一峰骆驼卧在地上不动了。没等走出山谷,几乎每一个人的骆驼都有损失，最多的一个驼工已经损失了三峰骆驼。望着卧在地上的骆驼，马有财说，再往骆驼身上加货物，恐怕它们也走不到黑河了。

唐排长说，你们等着，我去请示领导。

唐排长走了，大家坐在石头上休息。马有财说，先把帐篷搭起来吧，今天晚上还得在山谷里过夜。

大家刚把帐篷搭好，唐排长回来了。唐排长说，把帐篷拆了，继续前进。前面很快就出山谷了，出了山谷就是一片荒草滩，骆驼们可以在那里补充一下体力。

马有财说，冻天冻地的，也补充不成个啥样子。

唐排长说，总比山谷里的石头强。

大家拆卸了帐篷，重新把驮子放到骆驼背上，在暮色苍茫之中又开始前进。天空上星星闪烁的时候，骆驼队终于走出了山谷。

为了不把骆驼彻底拖垮，整个骆驼队休整了一天。紧接着骆驼队马不停蹄向昆仑山口进发了。越往前走海拔越高，氧气也越来越奇蒿，稀薄的空气迫使骆驼队的行走速度慢了下来。上午的时候天气还凑合，到了下午突然刮起了大风。无形无影的大风像一堵看不见的墙，死死挡在骆驼队前面。大家弯着腰低着头，用力顶着大风朝前移动。最后，大风实在太硬，骆驼队不得不停住脚步趴在原地休息。也不知过了多长时间，风势渐渐减弱了，骆驼队又开始匆匆赶路。刚刚翻上一道山梁，猛烈的风又紧追不舍地缠上了骆驼队。眼看骆驼队快要翻下山梁了，一阵刀子一样的风扑面而来。猛烈的山风中，突然传来二虎惨烈的喊叫声。富顺急忙朝二虎望去，就见二虎摇晃了几下身体倒在了山梁上。大家急急忙忙跑过去，躺在地上的二虎满嘴冒着血沫，脸色黑得像锅底一样吓人，两只眼球金鱼眼睛似的突鼓在眼眶外。富顺赶快脱下皮大衣给二虎盖在身上。马有财一把拉起二虎身上的大衣，重新披在富顺身上说，傻货，感冒了你也得留下，二虎他已经死了。

死了？富顺吃惊地望着马有财，怎么会死呢？

马有财说，脸比炭黑，风把肺呛炸了。

望着躺在地上的二虎，富顺突然跪在地上哇的一声哭了，二虎你不能死，二虎你睁开眼睛，二虎你醒一醒呀……

马有财一把捂住富顺的嘴巴，不要命了。

富顺呜咽着用手擦了擦二虎嘴巴上的血沫，忍不住又哭泣起来。唐排长看了马有财一眼说，老马，把二虎埋了吧，做一个记号，返回的时候再把他带回去。

山坡上的冻土跟石头一样坚硬。大家费了好大的力气才挖出一个土坑。马有财轻轻将二虎死不瞑目的眼睛合上，跟富顺一起把二虎抬到土坑里。富顺掏出一个馕疙瘩放在二虎手里，然后大家七手八脚将二虎掩埋了，又在土堆上面压了三块石头作为记号。一切收拾妥当之后，大风突然停了，山梁上一点风也没有了。

富顺蹲在地上伤心地骂道，日他妈了，二虎死了，风也停了。

马有财看了大家一眼说，唉，二虎命短呀。你们忘了没有，在格尔木吃黄羊肉，喝疙瘩汤的事情？那天晚上，二虎吃了三大碗还要吃，我劝他别把身体吃坏了，他说，谁知道吃了这一顿还有没有下一顿，你们记不记得？

大家点了点头。

马有财继续说，我们拉骆驼的人，不吉利的话不敢胡说，二虎就臭在了那张嘴巴上。大家记住，荒山野岭到处是孤魂野鬼，不是人的灵魂就是动物的灵魂，不该说的话千万不要说，弄不好就让神神鬼鬼缠上了。

唐排长拍了马有财一下说道，满脑袋的封建迷信，大家别听老马胡说八道，世界上从来没有什么神神鬼鬼。

马有财撇了撇嘴，不屑地看了唐排长一眼说，你不相信算了，这个世界上的事情谁也说不清楚。有一回，我们去内蒙古阿拉善右旗拉骆驼……

老马，没有人把你当哑巴。唐排长打断马有财的话说，你把二虎的骆驼分配给大家，收拾收拾赶紧走。

马有财把二虎的骆驼分配了一下，骆驼队在哭泣声中又上路了。

晚上宿营之后，大家情绪十分低落。沉重的情绪空气一样在帐篷里弥漫。唐排长把最后几根干柴棍扔进火堆里说，我跟你们一样心里不好受。从民勤出来几个月了，咱们白天晚上在一起，就像形影不离的亲兄弟。数九寒天的日子里，大家吃苦耐劳，风雨无阻，冒着生命危险一直向前走，这种精神让我感动，也时时刻刻鼓励着我。我不想讲大道理，我只想说，你们为了和平解放西藏的伟大事业，贡献了自己的力量，你们是了不起的男人，国家和人民不会忘记你们。虽然，我们还在艰难困苦之中，可是，西藏的解放军比我们还困难。为了和平解放西藏，他们不拿藏族群众的一针一线，不吃藏族群众的一口粮食，他们忍冻挨饿，忍受着常人难以忍受的艰难困苦，他们迫切需要粮食和物资啊同志们。二虎虽然离开了我们，大家心里十分难受。可是，二虎的革命精神没有离开我们。我们要化悲痛为力量，只有顺利完成运输任务，才是对二虎最大的告慰……

啥也不用说了唐排长。马有财打断唐排长的话说，我们这

92

些拉骆驼的人，就跟骆驼的性格一样，只要搭上驮子，死也不会扔掉驮子。

唐排长激动地说，老马说得对，老马说得对啊，驼工的精神就是骆驼的精神，吃苦耐劳、坚忍不拔的品格。

马有财抽完了一袋烟，看了看无精打采的大家说，我不会说咬文嚼字的好听话，我只想告诉大家，要想活着回家，就拿出活人的精神。一个人连活的精神都没有了，那还能有啥。睡觉吧，养足精神比啥都强。

唐排长说，对，老马说得对，睡觉，睡觉，养足精神明天还要赶路。

马有财说，唐排长，以后能不能太阳升高了咱们再走，现在大家的手和脚都生了冻疮，一直在流黄水，早晨的空气实在冷得受不了。

唐排长说，老马说得是，我的手也在流黄水。明天我把情况给领导反映一下，争取天气暖和一点再出发。

半夜三更的时候，富顺迷迷糊糊睁开了眼睛，发现二虎笑眯眯地站在他跟前，富顺吓了一跳，他使劲眨眨眼睛，帐篷里面黑洞洞的伸手不见五指。富顺咽了一口唾沫又闭上了眼睛。想起孤零零躺在山坡上的二虎，他心里就像刀割一样疼痛。他怎么也想不明白，只听说过水能把肺呛炸，从来没有听说过风能呛炸肺，风咋就能把肺呛炸呢。如果风把肺呛炸了，那么，因为喘不上来气，肯定二虎嘴巴是张开的，风就像一颗子弹打到了肺里面。唉，二虎也是，那么大的风张嘴巴干啥。人咋就跟个虫子一样脆弱，说没有了就没有了。前面的路还遥遥无期，富顺不敢想象还会发生什么事情。原来打算回家过年的，看来过年是回不了家了，眼看着没有多少日子就要过年了，可路途才走了一大半。他从心里产生了一种恐慌，尤其二虎的死让他感到一种莫名的恐惧。他没有想到路途这么艰难，气候这么恶劣。他觉得高原上一切看着平平常常，一切又那么神神秘秘，不知道有什么危险就悄悄隐藏在自己身边。

正如富顺想的那样，神秘莫测的高原危险无处不在。不过，他无论如何也不会想到，更大的麻烦正在前面等着自己。

3

骆驼队进入唐古拉山口没有多久，就听见一阵炒豆似的枪声。唐排长挥挥手叫大家趴在地上别动。大家手忙脚乱地让骆驼卧在地上，自己也趴在了骆驼身旁。过了一会儿，枪声变得稀稀拉拉，最后什么声音也没有了。唐排长扯着嗓子喊了起来，准备出发，准备出发……

大家从地上爬起来，心神不安地朝前面张望。

唐排长像什么事情也没有发生过一样，轻松地扬了扬胳膊说道，用不着害怕，保护咱们的骑兵在前面碰上山里的土匪了。

大家松了一口气，拉着骆驼继续前进。没有走多长时间，果然看见碎石堆上躺着两具身穿皮大衣的土匪尸体。上午的天气阳光灿烂，下午又刮起了风。唐古拉的风跟唐古拉山一样结实，刮得人根本无法抬头。尽管皮大衣拦腰扎着绳子，可大风仍然把皮大衣的下摆吹得像轻飘飘的破布。好不容易拐过一个山口，太阳被大风刮落了，天色一下子就黑了下来。朦朦胧胧的天色里，骆驼队寻找了一个背风的地方停住了脚。给骆驼卸下驮子之后，马有财告诉富顺，别撒开骆驼，风太大，骆驼会走散的。

富顺检查了一下骆驼们的缰绳，又给骆驼们喂了一把青盐，这才拿着羊皮回到帐篷里。帐篷里没有火，也没有灯，大家坐在黑夜里嚼着干巴巴的馕疙瘩。

唐排长在黑夜里说，兄弟们，再坚持一下，咱们就把最艰难的日子挺过去了。翻过唐古拉山，咱们就快到西藏的安多了，顺利完成任务之后在黑河过年。

大家谁也没有说话，帐篷里只有呼啦啦的风声。

唐排长觉得帐篷里面的气氛太严肃，应该让大家的心情宽松一些。他想讲个故事调解一下，想来想去没有什么好故事，于是便对马有财说，老马，别光抽你的烟袋锅，讲个故事给大家听一听。

马有财停了片刻说，我讲的故事你不爱听，说是封建迷信，可那是我眼睁睁看见的事情。

唐排长说，讲吧讲吧。

沉默了一会儿，马有财说，有一次我们去阿拉善右旗的路上，也是一个风高月黑的晚上，天黑得啥也看不见，只能听着驼铃声赶路。最后实在不能走了，我们就在一片荒地上睡了。睡到半夜三更，一个胡喊乱叫的伙计把我们喊醒了。他说有一群人打他，大家只以为他在做梦，谁也没理睬他。早晨醒来一看，原来我们睡在了一片坟滩里，那个伙计满脸青一块紫一块，就像被人打了一样。再仔细看看，他正好睡在了一个塌陷的坟墓里面。这可是我亲眼看见的，你说世界上有没有神神鬼鬼？

唐排长说，我不发表意见。老马，你能不能讲一个轻松好笑的故事？

马有财说，咋不能，我肚子里没有装啥文化，可装了一肚子的故事。

唐排长说，只要不讲那些神神鬼鬼的故事就行。

马有财说，好，我给你们讲一个骚婆娘的故事。这个女人就是我们村里的。她男人也是拉骆驼的，一年四季在家里待不了几天。可是，这个女人和别的女人不一样，她是离不开男人的那种女人。离开男人一段时间她就想方设法去勾引别的男人。正经家里的男人不敢理睬她，也不敢做伤风败俗的事情。没有办法，这个婆娘就去勾引我们村里一个半茶不傻的三楞子。三楞子尝到了甜头，只要那个婆娘的男人一出远门，他就去和这个女人胡日鬼。有一次这个男人有病，在家里住的时间长了，三楞子憋得难受，就去了这个婆娘家里。给人家男人说，你舒服美了咋还不走，你赶快拉着骆驼走吧，你走了该我舒服几天了。

唐排长问，后来呢，这个男人跟老婆离婚了？

马有财说，离啥婚，拉骆驼的人找个婆娘不容易，凑合着过呗，老百姓的日子谁家不是凑合着过。

唐排长没有再说话，马有财又抽起了烟锅，大家在红红的烟火中闭上了眼睛。

寒风凛冽的早晨，天空阴沉沉的。大概中午的时候，厚厚的云层被风吹开了，天空变得阳光明媚。骆驼队刚刚翻上一道山梁，银毛突然卧在山坡上不动了。富顺急忙抓了一把青盐喂给银毛，银毛眼泪汪汪看着富顺把青盐吐了出来。富顺又从褡裢里掏出一个馒疙瘩塞到银毛嘴巴里，银毛又把馒疙瘩吐了出来。富顺从地上捡起馕疙瘩重新塞进银毛嘴巴里说，银毛啊银毛，你可别吓唬我，赶快把馕疙瘩吃了，听话，吃了馕疙瘩你就能站起来了，你可千万不能卧在这里啊银毛。

银毛无力地甩了一下脑袋，馕疙瘩又从嘴巴里掉了出来。富顺一把搂住银毛的脖子摇晃了两下说道，银毛，你咋了，你不能吓唬我，我说过，走完了这一趟咱们就回家，我不能把你一个人扔在这里，听话，站起来银毛，站起来银毛，银毛你听话啊，银毛你别吓唬我，银毛你知不知道，我是为了你和金毛才来受这个罪的呀……

马有财说，富顺，银毛尽力了。

富顺像头狮子一样跳起来吼道，你胡说，你胡说。

马有财拍了拍银毛的驼峰说，你又不是瞎子，没有看见银毛的精血熬干了，驼峰像布袋一样贴在了脊背上。

看着泪眼汪汪的银毛，富顺忍不住搂着银毛的脖子哭了起来。

马有财把银毛身上的驮子卸了下来说，让银毛轻省轻省吧。

马叔，你救救银毛吧。富顺一把拉住马有财的手说，我求求你马叔。

马有财说，走吧富顺，你也是拉骆驼的，你心里明白。

富顺从地上捡起馕疙瘩，又一次塞进银毛的嘴巴里。银毛一动不动含着馕疙瘩看着富顺。富顺一边哭一边解开银毛鼻子上的缰绳说，银毛，你以后再也不用受累了。

银毛一下将嘴巴里的馕疙瘩咽了下去，使劲活动了一下身体试图想站起来，可是，虚弱的身子根本无法将身体支撑起来。富顺不敢再看银毛，他在银毛跟前站了一会儿，心如刀绞般地拉着骆驼朝山梁下走去。还没有走出多远，富顺就听见了秃鹰的叫声。富顺抬起头看了看天空，头顶上黑压压的秃鹰遮住了天空。富顺心里一惊，扭头朝山梁上跑去。当他跑到山梁上时，银毛身上已经站满了秃鹰。银毛不断摇晃着脑袋痛苦地号叫着。富顺冲过去赶走了秃鹰，无意之中看见银毛的一只眼珠子，已经被秃鹰啄出来挂在了脸上，黑洞洞的眼眶里汩汩往外冒着鲜血。富顺疯了一样冲下山梁，一口气追上唐排长，二话不说从骆驼身上取下枪，扭头又往山梁上跑。

莫名其妙的唐排长，一下子反应过来，他一边喊叫一边去追赶富顺。富顺像兔子一样蹦蹦跳跳就跑上了山梁，对着站在银毛身体上的秃鹰开了一枪。被枪声惊飞的秃鹰黑云似的飘在头顶，疯了一样的富顺一边朝天空开枪一边歇斯底里地骂道，我把你妈日喽……

就在富顺发疯的时候，气喘吁吁赶来的唐排长一拳将富顺打倒在地。他从富顺手里夺过枪走到银毛跟前，对准银毛的脑袋开了一枪，银毛在枪声中倒在了山梁上。唐排长走过去把躺在地上的富顺拉起来说，银毛不会再有痛苦了。

富顺跺着脚丫子喊道，日他先人，这哪里是破财，简直就是送命啊……

你说什么？唐排长问道，你说什么？

富顺看了唐排长一眼，两个血红的眼球鼓得快要掉出了眼眶。

唐排长说，一路上你都看见了，已经有三分之一的骆驼被累垮了，沿途都是骆驼的尸骨，不光是你的银毛。

富顺没有说话，看了一眼倒在山梁上的银毛，朝山梁下走去。

富顺他们刚走下山梁，黑压压的秃鹰就落满了山梁。

骆驼队顺着山谷蜿蜒前行，山谷看不见头也看不见尾。白雪覆盖的高山上，偶尔突兀出一块山石像怪物似的俯看着骆驼队。富顺看了一眼金毛，金毛也是泪眼汪汪。富顺把脑袋靠在金毛脖子上，忍不住又哭了起来。

山风把太阳吹到了西边，西边翻滚的云彩像一群奔跑的骆驼，富顺在那群奔跑的骆驼中看见了自己的银毛。银毛还是那么威风凛凛，一身银色的皮毛被风吹到了空中，银毛甩开矫健的蹄子不断奔跑，最后融进了血色的夕阳之中……

晚上住下之后，帐篷里拢起了一堆火。冷风刮进帐篷里，东倒西歪的火苗怪物似的在空中舞蹈着。马有财点着一袋烟刚抽了一口，发现富顺不在帐篷里，便起身走出了帐篷。清清亮亮的月光下，富顺站在那里看着金毛吃草。马有财走过去说，富顺，这么冷的天气，你站在这里干啥，看看你的手和脚都烂得流黄水了，是不是不打算要了？

富顺跺跺脚说，死猪不怕开水烫。

马有财说，胡说，还没有活人呢就破罐子破摔。你当活个人容易，活人就是活苦难呢。什么时候把苦熬尽了，人也就没有麻烦了。

富顺说，苦难我不怕，就是心里面煎熬得不行。

马有财说，就你一个人煎熬呢？二虎一个人躺在冷冰冰的山坡上，咱们还好好的活着呢。活着就不容易，咬紧牙关熬吧，熬过了年，开春就好了。

富顺说，唉，真叫个远天远地，走了几个月还没有走到头。

马有财说，啥也别想，想也没用。回去吧，再站一会儿人要冻硬了。

富顺跟着马有财回到了帐篷。

第四章　拉骆驼的人

1

　　进入腊月就有了过年的味道，有钱割肉，没钱剃头，家家户户便开始张罗准备过年的东西。腊月初十几一过，连空气里都散发着过年的气息。割肉打酒磨豆腐，扫房洗物贴春联，好像辛苦一年就是为了这个年在忙碌着。富顺家早早就把房子扫了，被褥拆洗得干干净净，割肉打酒蒸馒头，一切都准备妥当，就等着富顺回来过年。可是，眼看着年被西北风送到了家门口，拉骆驼的人一点音讯也没有。富顺妈着急了，三番五次去表姨夫那里打听消息。表姨夫被富顺妈逼急了，专门跑了一趟设在县城的运输大队办事处打听消息。可是，办事处的人也不知道具体情况，只是把路途中可能出现的问题大概说了一下。表姨夫从县城回来就去了富顺家里，把打问的情况告诉了富顺妈。

富顺妈说，西藏这个地方到底在哪里，咋走了快半年还回不来。

表姨夫说，西藏在哪里，西藏都快到了地球边边上了。远天远地的，不是你想回来就能回来的。你想想，骆驼驮上粮食能走多快，几千里路程呢，容易吗？

富顺妈叹着气，唉，跟唐僧西天取经差不多了。

表姨夫说，办事处的人说，要是唐古拉大雪封了山，出不来进不去，只能等着来年雪化了才能通行。不过，你不用操心，大雪封山也不怕，富顺他们有人管。

富顺妈无奈地又是一声长叹。

表姨夫又说，我知道你心里想啥呢，不就是富顺结婚的事情嘛。过年耽误了，来年再办就是，也不在乎这几天。依我看呐，冷天冻地的办喜事，真还不如春暖花开合适呢。

富顺妈说，冷也罢热也罢，由不得我。

表姨夫说，把心放进肚子里，好好过年，公家的事情你操不上心。

送走了表姨夫，望着空空落落的院子，富顺妈心里也空空荡荡。落日的余晖洒在小院的新房上，贴在门框上的那副对联，像三片燃烧的红霞一样醒目。

天擦黑的时候水清和富生从镇子上回来了。水清把买的新衣服拿出来摊在炕上让富顺妈看。富顺妈看了看说，好看。

水清拿起一件蓝布褂子在富顺妈身上比画了一下说，正合适，就像比着妈身子做的一个样。

富顺妈说，妈有衣服，花这个钱干啥。

富生说，啥都置办好了，就等我哥回来了。

富顺妈说，刚才你表姨夫来说，富顺他们大概回不来了。

为啥？水清放下手里的衣服问道，不是说过年就回来吗？

富顺妈说，你表姨夫专门去县城打问了，运输队的公家人说，就怕大雪封山，大雪封了山，只有开春雪化了才能出来。

富生说，我知道，说的是唐古拉山。听人家说，唐古拉一封山，就得半年时间。人家还说，站在唐古拉山顶上，伸手就能摸着云彩，你想唐古拉山有多高。

富顺妈说，天老爷，那不是天上的山吗？怎么爬得上去。

富生说，反正是一座高得不能再高的山。

水清皱起了眉头，一副不可思议的样子，西藏到底在什么地方，怎么走了半年还回不来。富生，你去刘老师那里看一下

104

有没有地图。

干啥？

咱们查一查，看看唐古拉山在啥地方？

富生说，查出来要咋，咱还能把我哥接回来过年不成？

水清说，我就是想看一看。

富生不情愿地一边出门一边嘟囔了一句，脱裤子放屁。

水清撇了撇嘴没有说话。

一会儿工夫，富生拿着一张破破烂烂的地图回来了。水清把地图铺在炕桌上面，在油灯下和富生趴在炕桌上看起了地图。

富生说，嫂子，你知道这地图咋看，又是红线条，又是黑杠杠，密密麻麻的。

水清说，地图还不会看，上北下南左西右东，你咋上的学？

富生说，就上了两年学，连地图也没有见过。

水清用手指着地图说，顺着这条弯弯曲曲的红线往左看，左边就是西面。

富生看了看地图，地图上面到处是细细的红线，就像脸蛋上面的血丝一样。富生笑了笑说，跟蜘蛛网一样，啥也分不清楚。

富顺妈说，画地图的这个人不简单，那么高的山也能画到一张纸上。

富生没有理会母亲，顺着水清移动的手指看了起来。水清手指一边慢慢往前滑动，一边轻轻念叨着滑过的地名，武威、冷龙岭、门源、海（晏）什么，这个字不认识，青海湖、日月山、江西沟、黑马河、茶卡、莫河……

富生说，对对对，我们就是在莫河分开的。

水清继续看着地图往下念，都兰、香日德、诺木洪、察尔汗、纳赤台、昆仑山口、不冻泉、五道梁、通天河、雁石坪，在这里在这里，富生你看，唐古拉山……

富生仔细看了看说，我看见了。这条黑色的线大概就是大山的意思吧。

水清若有所思地说，地图上空白的地方，可能都是没有人烟的戈壁滩。

富顺妈凑过来插了一句话，听你表姨夫说，富顺他们去的那个地方，快到地球边边上了。

富生说，地球是圆的，到了边边上滑下去咋办？

富顺妈打了一下富生，不胡说能憋死你。

水清说，如果大雪封了山，冰天雪地骆驼队吃啥？

富生说，嫂子，这个不用发愁，骆驼驮的都是粮食，肯定不会饿肚子，就害怕缺衣少柴挨冻受累。

水清叹了口气说，也许正在回来的路上呢。

大年三十在鞭炮声中如期而至。心急的孩子等不到天黑，就开始零零星星放起了鞭炮。站在石羊河边的水清凝视着河滩，仿佛又看见了秋天的那个早晨。那天早晨，河滩上黑压压挤满了骆驼，她就站在河边看着富顺他们走的。开始的时候，她还能看见站在骆驼前面的富顺，看着看着就看不见富顺了，最后连一峰骆驼也看不见了，留下一片像门板一样光溜溜的干河滩。

水清失望地转过身子，村子上空炊烟缭绕，暮色之中噼里啪啦的鞭炮声赶走了天边最后一抹夕阳，整个村子被盼望了一年的夜色包围着。

正如唐排长说得那样，骆驼队在大年三十这一天赶到了黑河转运站。当大家把粮食驮卸到转运站之后，人和骆驼散了架一样稀里哗啦躺倒了一片。其中有个年轻的驼工居然跪在地上嚎啕大哭。转运站站长一把将嚎啕大哭的年轻驼工拉起来搂在怀里，一边拍着年轻驼工的肩膀一边说，哭吧哭吧，把心里的苦难都哭出来。

过了一会儿，年轻的驼工平静下来了，转运站长甩了一把眼泪，对着瘦骨嶙峋的人和骆驼敬了一个标准的军礼。然后双手抱拳激动地说，功臣啊功臣，我代表西藏的解放军指战员谢谢你们了。说完便泣不成声了。

运输大队王大队长难过地说，这一路先后有好几位驼工兄弟献出了年轻的生命，骆驼损失更惨重。我算了一下，从察尔汗开始，平均每走一公里就要损失七八峰骆驼，我们运输队三千六百峰骆驼，几乎死了一半骆驼，沿途路上随处可见骆驼尸骨，那个场景惨不忍睹，让人心痛啊！

转运站长说，可以说，这几十万斤粮食是用鲜血和生命换来的。我能想象到，比打一次仗还艰苦。

王大队长抹了一下眼睛说，打仗比这个痛快，生就生，死就死，运输粮食是一个艰难漫长的折磨过程，没有坚强的毅力和体力，就别想翻过唐古拉山。

转运站站长感慨地点点头，这是一个传奇，一个创造了生命禁区的传奇。

草滩上几顶长方形的军用帐篷就是转运站。转运站上空一面红旗被风吹得哗啦啦响个不停。运输大队的上百顶马蹄帐篷围着转运站扎在草滩上，就像一大片灰不溜秋的大蘑菇。满天红霞像花朵一样盛开，把天空变成了一个炫丽无比的大花园。

唐排长从灿烂的天色里走进帐篷，满脸微笑晃了晃手里的罐头，转运站给每一顶帐篷发了一个猪肉罐头过年，今天晚上咱们可以吃一顿猪肉尕面片了。

大家烧水的烧水，和面的和面，忙乎了半天，谁也没有想到由于海拔高，气压低，水不到六十度就沸腾了。和好的面没有一点韧劲，根本没有办法做面片，只好做了一锅猪肉罐头疙瘩汤算是吃了一顿年夜饭。吃完了年夜饭，唐排长点着一根蜡烛说，你们累了就先睡吧，我还得去开会。

马有财说，唐排长，麻烦你问一问转运站的领导，有没有酒给咱们弄半瓶子，过年没有酒叫过啥年嘛。旧社会过年也没少了酒和肉，新社会过年没有酒成啥样子？

特殊时期，特殊对待嘛。不能因为一口酒的问题就把新旧两个社会混为一谈。我说老马，说话注意一点。唐排长说完背起枪出了帐篷。

马有财对着蜡烛点着烟锅抽了两口，眯眯着眼睛看了看躺在羊皮上的富顺说，富顺，你是不是哪里不舒服？

富顺没有吭声，像睡着了一样。

马有财自言自语说了一句，唉，人都累日塌了。

其实，富顺不但没有睡着，相反一点睡意都没有。这些日子以来，他几乎不敢闭眼睛，只要一闭上眼睛，眼前不是二虎狰狞可怕的黑脸，就是银毛汩汩冒血的眼睛，那两个画面像两片沉重的石磨，而自己的心就夹在这两片石磨中间，每时每刻被沉重石磨碾压得痛苦不堪。

那天，二虎倒在昆仑山口的那一刻，富顺突然意识到在严酷的大自然面前，人的生命脆弱得跟一只蚂蚁一样不堪一击。他第一次感觉到了无处不在的危险。早在前些日子，看着瘦骨嶙峋的骆驼走路打闪的时候，他就感觉到了咄咄逼人的危险。银毛的死亡，也是在他的料想之中。可是，真正面对残酷的现实，他又陷入了无法摆脱的情感之中。金毛和银毛跟自己几乎形影不离，就像两个不会说话的孩子。突然之间银毛没有了，就好像心上掉了一块肉。富顺怎么也想不明白，银毛那么雄伟的骨架说不行就不行了。也许自己给银毛馕疙瘩吃少了，如果多喂一些馕疙瘩也许还不会倒下。粮食是有定量的，没有多余的粮食啊，平时偷偷摸摸喂的那些馕疙瘩，都是从自己嘴巴里节省出来的。可是，无论怎么说，一想到银毛的死，富顺就觉得自己有责任，就觉得浑身软绵绵的像一堆棉花。他觉得全部力气都用光耗尽了，自己就跟一峰筋疲力尽的骆驼一样，说不定哪一天也会趴在路边。就在富顺胡思乱想的时候，唐排长回来了。唐排长从大衣口袋里掏出半瓶酒说，大家都坐起来，咱们开始过年。转运站也没有多余的东西，不过，转运站的首长挺给我面子，特别给咱们分配了半瓶酒。

大家无精打采地坐了起来，一个个瓷咕咕地望着满脸笑容

110

的唐排长。

马有财接过酒瓶子，把瓶子里的酒倒进一个碗里说，我说兄弟们，大家别哭丧着个脸好不好，咱们现在不是还在喘气嘛。喘气就是活着，活着是多么不容易的事情。你们想一想，几千里路咱们走过来了，大风大雪咱们挺过来了，更重要的是咱们把几十万斤粮食运过来了。咱们没有给驼工丢脸，没有给咱们民勤人丢脸，你们说是不是？想想这些，就应该高高兴兴为自己喝一口酒，为那些死去的兄弟喝一口酒，为那些躺在路边的骆驼喝一口酒。

唐排长说，老马说得好，说得好啊，你们是好样的，应该为了胜利喝口酒。

马有财带头喝了一口酒，他摸了摸下巴继续说，不容易啊，我拉了半辈子骆驼，从来没有走过这样一条路。只要走过了这样的路，就是走地狱的路也没有啥了不起了。

唐排长接上马有财的话又说，老马说得对，刚才开会的时候，首长们还感慨万分呢。也许你们自己不知道，你们干了一件惊天地泣鬼神的事情，创造了一个历史奇迹。世界上没有哪一支队伍靠成千上万峰骆驼在生命禁区运输物资，而且，这一支队伍基本上都是没有打过仗的农民，了不起啊驼工兄弟们。

马有财把酒碗递给唐排长说，唐排长，你也喝一口。

唐排长喝了一口酒，又把酒碗递给富顺说道，富顺兄弟，老马说得多好啊，振作起来喝酒，为我们的胜利喝酒。

富顺接过酒碗喝了一口，又把酒碗传了下去。帐篷里的气氛轻松了许多，大家围着火堆你喝一口我喝一口，帐篷里面也变得暖和多了，感觉也有了一点过年的味道。不知道是酒的原因，还是恢复了体力，富顺觉得身体好像忽然有了力气，心里面也好受了许多。他觉得老马和唐排长说得好，大家都是了不起的男人，大家都是顶天立地的男人。仔细想一想，可不是吗，几千里坎坎坷坷的路，几个月漫长难熬的时间，什么苦没有吃，什么罪没有受，大家不是都挺过来了吗？大家就像走夜路的人一样，走着走着就把黑夜甩到了后面，走着走着就看见了太阳。想到这里，富顺的思路活跃起来。他又开始思念母亲，思念水清，思念富生，甚至思念当村长的表姨夫。晚上躺下睡觉的那一刻，富顺忽然觉得，这么多天以来，这个晚上是最轻松的一个晚上，也是最美好的一个晚上。

2

骆驼队在黑河休息了三天，大年初三就要返回香日德。站在冷风中的王大队长就像在民勤出发时一样，跳到一块大石头上说，驼工兄弟们，我也希望大家多休息几天，恢复恢复疲惫的身体，也让骆驼恢复一下不堪一击的体力。可是，我没有办法让你们多休息几天，不是我不让你们休息，时间不让我们休息，时间也不允许我们休息。西藏的数万军民望眼欲穿盼望着我们的物资，前面还有更多更艰巨的任务等着我们。通过这一次跋山涉水的运输任务，你们付出了非凡的勇气和超常的毅力，战胜了难以想象的困难，用鲜血和生命证明了运输队是一支拖不垮、打不烂的坚强队伍，是一支勇往直前的队伍，我为你们自豪、为你们骄傲，我代表西北军政委员会向你们敬礼……

不知怎么回事，当王大队长举手敬礼的那一瞬间，富顺眼圈猛然热了，跟着泪水就模糊了眼睛。富顺抬起手悄悄擦了擦眼泪，心里的苦闷和痛苦，都随着冷风飘散了。富顺觉得浑身轻松多了，他打量了一下周围和自己一样蓬头垢面的驼工，忽然觉得这是一群了不起的人，就像王大队长说得那样，是值得自豪值得骄傲的人。富顺就是在这样的心情下，跟着骆驼队踏上了回程的路途。

然而，这样的好心情在几天之后发生了变化。那天，天上飘着鹅毛大雪，富顺无意之中看见了埋葬二虎的那道山梁。富顺急急忙忙去找唐排长，说二虎的坟墓就在不远处的山梁上面。

唐排长说，我知道。

富顺说，你不是说回来的时候把二虎带回去吗？

唐排长边走边说，现在情况不允许，我们要赶路程。再说，怎么把他带回去呢？

富顺说，骆驼驮回去呀。

唐排长说，富顺，你是拉骆驼的，你比我明白，你看现在哪一峰骆驼能驮东西，别说驮东西，就是一根木棍也可能把骆驼压趴下。

富顺急了，一把拉住唐排长说，那就不管了，把他扔在这里？

唐排长拍拍富顺的肩膀说，富顺兄弟，我的心情和你一样，可是没有办法啊。不能因为一个死去的人耽误了路程，再说，沿途又不是留下二虎一个人。等彻底完成了运输任务之后，我们会解决好这些遗留问题。

富顺没有再争辩，他觉得一片片雪花飘进了心里，心里面顿时冷冰冰的，跟着浑身冷得就开始打起了哆嗦。他几乎绕不过这个坎坎。

绕过了那道山梁，满天的雪花突然变成了豌豆大小的冰雹。噼里啪啦的冰雹像石子一样从天而降。手脚利索的人急忙趴在骆驼身体下躲避着冰雹，手脚慢的人干脆趴在地上双手抱头。噼里啪啦的冰雹下了一会儿，又变成了飘飘洒洒的雪花。骆驼队无法继续前进，只好在大雪中扎下了帐篷。

当天晚上富顺剧烈的咳嗽引起了马有财的注意。马有财摸了摸富顺的额头说，把他妈的，富顺发烧了，脑袋烫得像块火炭。

唐排长也过来摸了摸富顺的额头，然后开始在挎包里给富顺找药。唐排长一边找药一边问道，富顺，感冒了怎么也不说话，你看现在烧得烫手。

缩在皮大衣里的富顺只露出一个脑袋，像只胆小的猴子，伸出手接过唐排长递过来的几粒药片扔进了嘴巴里。

马有财把一碗水递给富顺，多喝水。

富顺坐起来接过水碗，一口气把碗里的水喝了。

马有财接过空碗说，好好睡一觉，在这个鬼地方感冒就等于找死。

唐排长说，老马，你别吓唬富顺。

马有财说，高原空气稀薄，氧气又不够，就害怕感冒头疼。感冒发烧就害怕引起其他毛病。

唐排长给马有财挤了挤眼睛，哪有那么严重，生活在这里的藏族群众就不感冒了，人家也感冒发烧。

马有财心领神会地看了富顺一眼，我就是那么一说。

富顺没有说话，无精打采地闭上了眼睛。走风漏气的帐篷里冷冰冰的，裹在皮大衣里的富顺，上下牙齿就跟小老鼠打架似的。富顺一口咬住了棉大衣，他不想让大家听见小老鼠打架似的声音。帐篷外面又响起了风声。呼呼的冷风穿透了帐篷，富顺整个人蜷成一团缩在皮大衣里面。风刮了一个晚上，富顺也烧了一个晚上。他一会儿梦见二虎坐在山坡上哭，一会儿又梦见银毛在天上飞，一会儿自己在火海里奔跑，一会儿自己又掉进了石羊河。折腾了一个晚上，早晨醒来的时候，浑身软得像煮熟的面条。马有财摸了摸着富顺的额头，额头上的炭火基本熄灭了，马有财舒了一口气说，谢天谢地，不烧就好，不烧就好。

唐排长过来也摸了摸富顺的额头，然后递给富顺几片白色药片说，一会儿再把药吃了，千万不能掉以轻心。

太阳从昆仑山上冉冉升了起来，骆驼队已经翻过了一道山梁。前面的骆驼在山谷里行走，后面的骆驼还在高高的山梁上。山梁上白云缭绕，骆驼仿佛是从天上走下来的一样，一个跟着给人飘飘欲仙的感觉。

返回的路途中，骆驼队的速度明显快了许多。虽然人和骆驼虚弱不堪，没有负重的身体还是轻松了不少。不过，虽然身体轻松了不少，可心情一点也没有轻松。看着一路上散落的骆驼尸骨，大家心里还是沉甸甸的。

太阳升到头顶的时候，骆驼队走出了山谷。看见平坦的大戈壁，富顺突然感觉自己两条腿像绑了石头一样迈不动步子了。他想停下来休息一下，但又不敢停住脚步，他心里默默想着，要是能在金毛背上趴一会儿该多好啊。可是，当他看着瘦得就剩下皮毛的金毛时，这个念头立刻消失了。从民勤出来的时候，金毛和银毛威风凛凛，奔跑起来那么稳当，那么有力量，可是现在，银毛和二虎一样永远留在了唐古拉的山梁上，金毛虽然九死一生，现在也变成了一峰纸糊的骆驼，再经不起任何风吹雨打了。

运输队发的那双棉鞋，已经在鞋底包过三次皮子，现在又磨通了。鞋里面碎小的石子硌得脚丫子像在刀尖上面行走一样。富顺停住脚步，把鞋里面的碎石子倒出来，重新绑了绑鞋底的皮子。就在他直起腰的时候，眼前一片灿烂金光，接着便是一片黑暗。他感觉一阵头昏目眩，急忙又蹲下身子闭上了眼睛。过了一会儿，头昏目眩的感觉消失了，富顺睁开眼睛站起身体，拉着骆驼继续前行。

一连好些天咳嗽就没有停止过，发烧也像天空上的云彩一样，一会儿有了一会儿没了。尽管如此，富顺心里还是充满了希望。每走一天，他的希望就大了一点，离家的路程就缩短了一点。他在心里暗暗下着决心，哪怕自己是一只乌龟，也要一点一点爬回老家。就是在这个信念的鼓舞下,他才没有停下脚步,一直不停地走啊走,直到有一天摔倒在硬邦邦的盐盖上面,富顺再也没有多余的力气爬起来,这个信念像撒气的皮球开始一点点变软了。

那天,血红的夕阳撒满盐湖时,富顺感觉到一阵天旋地转,接着便踉跄了几步,一头栽倒在盐盖上。当他睁开眼睛时,发现自己躺在马有财的怀里。看见富顺睁开了眼睛,马有财露出一口黄牙笑了,富顺,你可别吓唬马叔。

富顺说,马叔,别把我扔在这里。

马有财说,说啥呢富顺,咱们已经到了察尔汗,用不了多长时间就到香日德了。你告诉马叔,哪里难受?

富顺有气无力地摸着胸口,这里面难受。

马有财说,你这次感冒拖的时间太长,引起了别的毛病。不过,到了香日德就好了,转运站有解放军的医生。

富顺说,马叔,扶我起来。

马有财扶着富顺回到帐篷,把富顺服侍着躺下后,又给富顺吃了感冒药。当天晚上,富顺又开始发烧。马有财把唐排长拉到帐篷外面说,唐排长,我看富顺有麻烦了。

唐排长叹口气,唉,你说怎么办,咱们骆驼队缺医少药,我手里面就剩下半瓶甘草片了。前不着村后不着店的只能往前走，到了香日德就好办了。

马有财摇了摇头没有说话。

唐排长心事重重地问道，老马，你觉得富顺麻烦大吗？

马有财点了点头。

唉！唐排长又叹了口气，转身进了帐篷。

马有财见唐排长进了帐篷，便从腰里面拿出一个油纸小包。他小心翼翼打开油纸小包，从小包里抠出绿豆大小的一块黑东西，然后又将油纸包包好塞到腰里，转身也走进了帐篷里。帐篷里的火堆还在燃烧，红红的火光里马有财端起一个水碗让富顺把黑乎乎的东西吃了下去。富顺听话地又喝了几口水，然后闭上眼睛睡了。当天晚上富顺没有咳嗽。坐在火堆旁的马有财几乎抽了一晚上烟。

第二天是个好天，出发的时候马有财拉过来一峰骆驼说，我这峰骆驼体力还行，富顺就骑着它走吧。

富顺爬到骆驼背上，跟着骆驼队刚走了几步，金毛就从后面冲过来横在前面挡住了去路。金毛看着富顺，不断地摆着脑袋，脖子下面的铜铃甩得叮咚乱响。马有财奇怪地一边轰赶金毛一边说，咋回事嘛金毛，富顺骑骆驼你不高兴？

富顺拽了拽骆驼的缰绳，骆驼不情愿地重新卧在了地下。

富顺滑下骆驼背，金毛突然卧在了地上。富顺拍拍金毛的脖子，艰难地爬到了金毛背上。

马有财拍了一下金毛，好骆驼，真的有灵性哩。不让别的骆驼驮主人，自己要为主人效力呢。富顺，你没有白疼金毛。

富顺说，我担心金毛会倒下去。

马有财说，倒不下去，操操你自己的心。

趴在金毛背上的富顺，摸着空皮囊似的驼峰，两个眼圈一热，大滴大滴的眼泪滴到了金毛的背上。

从察尔汗到香日德的几天里，白天富顺在金毛背上迷迷糊糊，晚上躺在帐篷里还是迷迷糊糊。大家一路提心吊胆看着迷迷糊糊的富顺一点办法也没有。好不容易到了香日德，大家赶紧把富顺背到了解放军医生那里。

医生用听诊器听了听富顺的胸脯，又仔细询问了一路的情况，然后，不可思议地瞪圆了眼睛说，这怎么可能，他患的是肺水肿。在唐古拉山那样高寒地区得了肺水肿，熬不过一个星期的，他居然熬了这么长时间，简直就是一个奇迹。可惜，香日德根本没有医治肺水肿的条件，干瞪眼没有办法。

马有财问，那怎么办，不能眼睁睁看着他……

运输大队王大队长把医生拉到一边小声问道，医生，你给我说一句实话，富顺还有没有希望？

医生难为地说，王大队长，我实在不知道该怎么说。

王大队长说，有话说有屁放，干脆一点。

医生换了一个口气说，按理说，得了肺水肿是过不了唐古拉的，可是，富顺不但下了唐古拉，而且还走了这么多天回到了香日德。看他现在的情况，我觉得基本没有什么希望了。如果死马当作活马医的话，不妨往西宁送一送，全看他自己的运气了。

晚上王大队长去看富顺，告诉富顺，组织上派人送他去西宁看病。富顺流着眼泪点了点头。

王大队长又问富顺，富顺，还有什么要求尽管提？

富顺憋了半天说，想，想水清，想把金毛赎回去……

王大队长愣了一下问，谁是水清，金毛又是谁？

马有财说，水清是富顺的未婚妻，金毛是富顺亲手养大的骆驼。这次运输队把他家的两峰骆驼都征购了，其中一峰骆驼在唐古拉死了。

王大队长说，没有问题，今天晚上就给民勤县发电报，让民勤县委通知水清，金毛也让你们拉回去，算是运输大队给你的奖励。

富顺眼睛突然亮了一下，嘴角勉强挤出一个笑容，随后又闭上了眼睛。

第二天一大早，唐排长和马有财便马不停蹄上路了。当他们把瘦弱不堪的骆驼拉回莫河之后，富顺已经不省人事了。望着昏迷不醒的富顺，心急如焚的唐排长问马有财，老马，你说咋办？

马有财说，往西宁送怕是麻烦更大。你想一想，富顺已经昏迷不醒了，又没有汽车，就靠骆驼送，那不是干蛋。路上又吹风又下雨，用不了两天就烂在路上了。有命没命全看老天爷的了，我的意思不如安安静静等水清吧。

唐排长说，那就看看今晚的情况再说。

晚上没有刮风，清冷的月光下，马有财跪在东山坡上双手合十念叨着，我的老天爷呀老天爷，世上芸芸众生都是你的孩子，我马有财求你睁开眼睛看看富顺，你救救这个可怜的孩子吧，他是为了往西藏运粮食才得了病，你不能让他死，没有过门的女人还在家里等他回去呢……

说到这里，马有财说不下去了。

静静的东山坡上没有一点声音。马有财长叹了一声，远处的天空划过一颗亮晶晶的流星。

3

二月二龙抬头这天早晨，富生准备去石羊河挑水，母亲往桶里面扔了几个铜钱。富生问母亲什么意思，母亲说，今天是龙抬头的日子，老人们说这是引龙钱，从河里把龙引到家里图个吉利。

富生笑了笑说，好，咱家也图个吉利。

富生把水挑回来连铜钱一块倒进了水缸里。母亲便用缸里的水发了面。中午的时候面发好了，母亲蒸了一锅馒头。看着热气腾腾的馒头母亲说，龙都抬头了，你哥他们说啥也应该回来了。

富生说，要是唐古拉封了山，下个月也回不来。

母亲叹口气，唉，你哥他们这一次遭罪了。富生，你今天再去表姨夫那里问一问情况。

富生皱了皱眉头，妈，你忘了，我昨天才问过表姨夫。

母亲说，看我这脑子，那就明天去问。

就在娘俩说话时，表姨夫慌慌忙忙走进了家门。富顺妈说，说曹操曹操到，我正和富生说，让他明天去打问富顺的情况呢。

表姨夫站在地上说，我正是来说富顺的事情。

123

富顺妈说，上炕说，炕上暖和。

表姨夫摆摆手，就这说吧。富顺他们快回来了。不过，富顺病在了莫河，县里带话来了，让水清去接他呢。富生，你赶快去通知你嫂子，今天晚上一定要赶到县城，明天运输队有汽车去青海湖拉湟鱼，正好顺路把她带上。

富生说，我现在就去告诉她。

表姨夫说，富生，我的意思你陪水清一块去，她一个丫头家在外不方便。再说，荒山野岭的也不安全。

富顺妈说，表姨夫说的是，你去了能帮上忙。

富生说，你们不说我也得去。

表姨夫说，快去通知水清，回来收拾收拾就得往县城赶。

富生抓起一个馒头就跑出了门。

富顺妈说，他表姨夫，富顺得了啥病？

表姨夫说，县里没有说，我估计不是摔了胳膊就是摔了腿，要不然为啥让家里人去接呢？你也别胡思乱想，在家里等着他们把富顺接回来就是。

富顺妈点了点头。

就在富顺昏迷不醒的第四天傍晚，水清他们风尘仆仆赶到了莫河。马有财把水清他们领进帐篷的一瞬间，躺在羊皮上的

124

富顺奇迹般地睁开了眼睛。看见蓬头垢面、奄奄一息的富顺，水清和富生不约而同跪在了富顺跟前。水清一把抓住富顺的手，眼泪像下雨一样滴在了富顺的手上。

富生抹着眼泪说，哥，你咋了，你这是咋了呀？

富顺从怀里掏出那双绣着一对鸳鸯的鞋垫递给富生，然后把富生的手拉过来压到水清手上说，兄弟，水清……交给你，照……顾好她，照顾好妈……还有，还有金毛……

富生哭着说，哥，你会好的，我们就是接你回家的。

水清也说，富顺，等你好了咱们就回家……

水清的话还没有说完，富顺就安静地闭上了眼睛。富生摇了摇富顺的身体，哥，哥，你不能走啊，你不能走，你把眼睛睁开，你把眼睛睁开呀……

富顺啊……富顺，水清哭喊着扑在了富顺的身上。富生的心被水清的哭喊声揪碎了，他不忍再看这个场面，默默站起身子向外面走去。刚走出帐篷就听见熟悉的驼铃声响了起来，富生转过身搂住金毛的脖子，呜呜呜地哭了起来……

如血的残阳染红了天边，也染红了荒原。富生找了一些柴草在帐篷里刚拢起一堆火，马有财端着半锅疙瘩汤走了进来，富生，和你嫂子趁热吃一口，吃饱了身子就暖和了。

富生接过锅放在火堆旁边问道，嫂子，我给你舀一碗？

水清摇摇头没有说话。富生说，我也没有心思吃。

马有财舀了一碗递给富生，哪怕是毒药也得吃。

富生接过碗又递给水清，嫂子，多少吃一点。

水清犹豫着接过了碗，眼泪噼噼啪啪落进了碗里。马有财又舀了一碗递给富生，然后点着了烟锅说，人啊，活在世上就是活可怜呢。活着的时候为生计奔命，奔来奔去就把命奔丢了，命没有了苦难也就没有了。

富生看了马有财一眼问道，马叔，说一说去唐古拉的事情。

马有财叹口气说，唉，自古就说上天难，可那条路偏偏就是一条上天的路。二虎的肺被风呛炸了，银毛活活累趴下了，数不清有多少峰骆驼扔在了那条路上，唉，说不成呐，说不成……

晚上的时候，富生和水清就坐在富顺旁边守夜。狂叫的风把帐篷摇得哗啦啦直响，吹得火堆像一片飘动的晚霞。富生往火堆里扔了几根柴棍，嫂子，你睡一会儿吧。

水清说，我哪里还有瞌睡。

富生说，我哥已经不在了，你再熬坏身体咋办。

水清双手捂着脸说，再大的煎熬我能受，可是妈妈咋办呀？

富生说，纸里包不住火，受不了也得受。

126

水清哭泣着不再说话，富生把一件皮大衣披在水清身上说，还是打个盹吧。

不知过了多长时间，水清迷迷瞪瞪中看见富顺忽然坐了起来。水清惊讶地一把抓住富顺的胳膊问道，富顺，你不是死了吗？

富顺笑嘻嘻地说，谁说我死了，我还没有活够呢，我就是吓唬吓唬你们。

水清说，你把我们吓死了。

富顺憨憨一笑，胆小鬼。

水清又惊又喜扑上去要打富顺，谁知扑了个空，一头栽倒在地上醒了。水清猛地睁开眼睛，明亮的月光洒满了帐篷。水清的眼泪也像泻下的月光一样在帐篷里流淌。

第二天早晨，水清对富生说，富生，你去河里打盆水，我给富顺洗洗脸。

富生说，咋个洗呢，脸都冻成冰疙瘩了。再说，这里没有河，只能去水坑砸冰化水。

水清说，没有河咋叫莫河？不管咋说，也得给你哥洗洗脸，让他干干净净地走。

富生拿起一个盆出了帐篷。刚走了几步就看见金毛走了过来。富生拍拍金毛，鼻子一酸眼圈就热了。金毛抬起头叫了一声，晃了晃身体卧在了帐篷跟前。

马有财走了过来说，富生，金毛真有灵性，这些天富顺躺在帐篷里面，它就卧在帐篷外面，看得人心里酸溜溜的。

富生说，可怜了银毛。

马有财说，富生，一会儿把锅拿过来，我给你们做饭。

富生说，还有半锅疙瘩汤呢。

马有财说，要劝你嫂子吃饭，多不吃少也得吃。死了的人回不来了，可活着的人还要继续活啊。

富生说，我嫂子明白。

马有财说，你们是咋想的，把你哥带回去？

富生说，还没有商量。

马有财说，天还没有热，放些日子没问题。

太阳升过了哈里哈德山顶，融化的冰水也烧热了。水清用热毛巾一点一点给富顺洗着脸。长长的头发下面那张黑黢黢的脸，在毛巾下一点点退去了颜色，一张蜡黄蜡黄的脸让人看着心疼。水清用手抹了抹眼睛，让富生把富顺的衣服脱了。富生一边脱着富顺的衣服，一边挥挥手让水清出去。水清没有理睬富生，富生低着脑袋说，你不方便，我给我哥洗身子。

水清说，有啥不方便？我和你一块给他洗。活着的时候没有给他洗过，现在我就给他洗一回。

富生不再强求，跟水清一块给富顺脱了衣服。半年前还健健康康的身体，现在就剩下一张薄薄的皮包着一堆骨头。一个个冻疮像枯萎的花朵趴在脸上、手上和脚上。水清一边用毛巾擦着富顺的身体，一边压着嗓子轻轻地抽泣，止不住的眼泪一滴一滴掉在了富顺的身体上。

擦洗完身子，水清要给富顺换上从老家带来的干净衣裤。可是，硬邦邦的身体像木头棍一样怎么也无法弯曲。最后，富生把哥哥抬起来穿上裤子，然后又费了半天劲才把衣服穿上。穿好衣服之后水清又从包袱里掏出一双新鞋准备给富顺穿。富生拿出那双绣着鸳鸯的鞋垫看了看水清，水清没有理会富生，低着头一声不响地脱下富顺脚上那双磨通鞋底的破鞋，然后把新鞋穿到富顺脚上。看着水清给哥哥穿好了鞋，富生默默地又把那双鸳鸯鞋垫放进了包袱里。一切收拾利索之后水清说，要是有把剪子就好了，我给你哥收拾收拾头发。半年多没有理发，头发长得能扎辫子。

富生说，我去找找看。

富生出了帐篷，水清看着富顺说，富顺，新房子早就盖好了，漂漂亮亮的三间房子。我每天看见新房子就像看见你一样，现在新房子还在，可你不在了。我知道你心里是咋想的，你不想让我去别人家里，就在咱们家里和妈一起过。可是，我不知道富生心里咋想，富生脑子比你活泛。早知道这个样子，当初就不应该让你来。你现在好了，啥也不管不顾了，把我一个女人家扔在这个世界上，你让我咋办呀富顺……

帐篷外面有了动静，水清擦了擦脸上的泪水。富生走进帐篷说，没有剪子。

水清无奈地说，没有就算了，头发长了不冷。

富生说，嫂子，你是咋想的？

水清反问道，你是咋想的？

富生说，我不知道咋办。

水清说，妈要看见富顺这个样子，心里会难过死。莫河骆驼多，富顺一辈子就喜欢骆驼。

富生说，我听你的。

水清说，跟马叔商量一下，选一块地方。

富生说，我去找马叔。

富生的话还没有落地，马有财和唐排长走了进来。马有财说，有啥事情就说。

唐排长说，对，有啥事情就说。

水清说，明天就第三天了，我和富生商量了一下，要是把富顺带回家，看见富顺这个样子妈心里会难过死。富顺喜欢骆驼，

130

干脆就把富顺留在这吧。富顺都洗干净了，衣服也都换了。

马有财说，我也是这个意思。我转着看了看，东山坡那个地方不错。地势高，又平坦，富顺啥都能看见。

唐排长也说，富顺生前提出把金毛带回去，运输队同意他的要求。你们还有什么困难直接跟我说就行。

水清说，不麻烦公家了，只要把金毛带回家，也算去了富顺一个心病。

唐排长说，老马，你负责把事情办好。

马有财一边点头一边从腰里抽出一把巴掌长的藏刀说，我给富顺收拾收拾头发，让他利利索索上路。

富生说，我出去找剪子没有找见。

马有财把刀子在水盆里沾了一下，撩起富顺前额上的头发，一刀刮下去就看见了光光的头皮。马有财一边刮一边说，唉，这个活干起来难心啊。这是我给第三个驼娃子收拾头发了。第一次是在祁连山，第二次是在腾格里沙漠，这一次是在莫河。唉，拉骆驼的人命都在苦水里泡着呢。一年四季风吹雨打，天南海北都是家。我说富顺啊，下辈子你托生个好人家，当干部、当县长、当先生也不错，千万别再拉骆驼……

听着马有财絮絮叨叨，水清忍不住又哭泣起来……

东山坡不仅地势高，还是一片开阔的平原。站在东山坡上，能清楚地看见左面的哈里哈德山，也能看清楚右面的柏树山，还能看见西面开阔的荒原。富顺是第一个埋在东山坡的驼工，大大的土堆像一座小土山，孤零零地立在东山坡上。

阳光明媚的天气里送走了富顺。大家往坡下走的时候，唐排长说，莫河成立了骆驼场，就在富顺坟墓前面立一块石碑，告诉后人们，一个驼工的生命传奇。

听唐排长这么说，水清心里难过，她回头看了一眼身后的坟墓，剧烈的心跳让她不由自主地叫了一声。随着水清的叫声，大家不约而同转身向后看去。不知道什么时候，金毛卧在了富顺的坟墓旁边。

唐排长感慨地说，还有一个骆驼的传奇故事。

水清默默望着金毛，望着望着眼前就模糊了。

回到帐篷之后，水清心里突然空落落的，富生也觉得空落落的。两个人没有什么话可说，就那么呆呆地坐在帐篷里看着外面。午后的阳光变得暖和起来，帐篷里已经没有了寒意。阳光照在水清的脸上，一半有些苍白，一半闪着光泽。虽然沉默不语，但显得还是那么清秀。水清不是那种看一眼就让人觉着漂亮的女人，而是慢慢看的那种受看的女人。一张饱满的瓜子

卧在东山坡上的金毛，哀悲地望着坟墓里面的主人富顺。

虽然金毛不会说话，可眼睛里面常常含着热泪。

脸上两道弯弯细眉，黑亮黑亮的眼睛就是一动不动也像会说话一样，高高的鼻梁下两片薄薄的嘴唇，说起话来就像两条摇摇摆摆的鱼儿。其实，富生一直就想找一个像水清一样的女人。他觉得水清不仅是男人们喜欢的那种女人，关键是水清勤劳善良，是一个持家过日子的女人。可是，这么好的一个女人偏偏哥哥没有这个福气。富生偷偷地打量着水清，心里越发觉得哥哥可怜。虽然他也喜欢水清，但他没有半点嫉妒哥哥的意思，也没有过非分的想法。可是，突如其来的变故让他猝不及防，他怎么也没有想到哥哥在弥留之际把水清托付给了自己。他不知道自己该怎么做，他觉得做了一个不可思议的梦。就在他胡思乱想的时候，水清打破了沉默问道，富生，你怎么不说话？

慌乱之中富生突然问了一句，嫂子，咱们啥时间走？

水清反问了一句，你说呢？

富生说，过了头七吧。

水清说，咱们这一走，再来就难了。我想多陪富顺待些日子，过了七七再走。再说，金毛的身体太虚弱，也让它养养身体。

富生点点头，那就过了七七。可是，这么些日子咱们吃啥？

水清说，放心，他们有吃的就不会饿着咱们。

富生又问，咋给妈那边说？

水清想了想说，我也没有想好。

富生双手抱着脑袋叹了口气，唉。

戈壁滩上又起风了，风把帐篷刮得摇晃起来，也把帐篷里仅有的一点阳光刮出了帐篷。帐篷外面的天色开始暗淡，远处的哈里哈德山也变得模模糊糊。刚才还暖洋洋的帐篷里一下子就有了寒意。

富生拉了一下帐篷帘子说，我知道这个地方，一天到晚刮风。

水清说，是刮春风的时候了。老家这个时候也在刮风。

富生说，这个地方风硬。

富生话音刚落，风就把马有财的声音刮了进来，富生，你们过来吃饭吧……

富生站起身说，嫂子，吃饭去。

水清说，你去吧，我一点不饿，就想喝水。

富生看了看水清说，光喝水咋成，多少吃一口。

水清说，你去吃饭吧，我一口也吃不下。

富生犹豫了一下就走出了帐篷。

富生走出帐篷不久，天色就完全黑了下来。水清划着火柴点亮了半根蜡烛，昏暗的烛光一点一点驱赶着黑暗，帐篷里一半光亮一半黑暗就像一张大大的阴阳脸。望着跳动的烛光，水清觉得两个眼皮像压了两块石头一样沉重。恍惚之中就听见有人叫她的名字。她扭过身子看见富顺坐在自己对面。富顺一句话不说,笑眯眯地看着自己。水清惊愕地叫了一声富顺,帐篷摇晃了几下,富顺就不见了。水清使劲地揉了揉眼睛,帐篷里空空荡荡什么也没有。水清叹了一口气说,富顺,我知道你没有走,你舍不得我们,我们也舍不得你呀。我知道,这一路你受罪了,这下好了,你再也不用受罪了,可以好好休息了,安安心心睡觉吧⋯⋯

蜡烛的火苗跳了一下,富生端着一碗饭走了进来。富生把碗递给水清说,马叔做的面片,挺好吃的。

水清摇摇头,我不饿。

富生说,这地方高,你刚来不习惯。多不吃少也得吃,你要把身体煎熬坏了,让我可咋办呀?

水清看了看富生,接过碗吃了一口面片说,真的不饿。

富生说,哪怕是毒药也得强迫自己吃。我哥已经不在了,我不能再看着你煎熬坏了身体。

水清又看了一眼富生,低头吃起了面片。

富生见水清开始吃饭,就拿起棉大衣说,吃完饭早一点休息。

水清说,你别走,我害怕。

富生说,马叔的帐篷紧挨着你呢。

水清说,那我也害怕。

富生把大衣扔在地上说,那我陪你。

水清吃完饭,把从老家带来的被褥铺开说,富生,把棉大衣给我,你盖着棉被睡。

富生躺在羊皮上说,我这就行。

水清一把扯过富生身上的棉大衣,把被子盖到富生身上说,棉大衣遮不住头也掩不住脚,冻出病来咋办。我个子小,盖棉大衣就像盖被子。

富生坐起来想说啥,水清一口吹灭了蜡烛。过了一会儿水清在黑暗里说,富生,我刚才看见富顺了。

富生说,你睡吧,我在门口守着呢,他不会进来麻缠你。

水清没有说话,富生也没有说话,两个人谁都不再说话,两个人谁都没有睡着,都能听见风在轻声吟唱……

第五章 女扮男装

1

富顺过头七的这天早晨，天空飘起了零星雪花。水清和富生走到东山坡时，零星雪花变成了鹅毛大的雪片。飘飘洒洒的雪片把卧在富顺坟墓旁边的金毛变成了一峰雪白的骆驼。富生心头一热，他一边用手拨掉金毛身上的雪一边说，金毛，你也知道今天是富顺的头七？富顺知道你来了，他心里比过年还高兴。你听着金毛，你要多吃草，莫河的骆驼草里面含盐分，有营养，等你有了体力，咱们一块回家……

望着灵性的金毛，水清心里裂开了一道缝隙。她深深吸了一口气，冰冷的空气让她胸膛里的心平静下来。她转身跪到坟前，对着坟墓磕了三个头。富生也跪在坟前磕了三个头。然后划着火柴点着一张报纸说道，哥，今天是你的头七，你不要嫌弃，这里没有黄表纸，等回家以后多给你烧些纸钱。

水清也说，富生说得没错，回家再给你多烧一些钱。你不要舍不得，该花就花，我们会经常给你送钱。富顺，你看见没有，金毛就在你跟前。金毛知道你一个人孤单，有时候不吃不喝也来陪你。你放心，我们把金毛带回家，会把妈妈照顾好。

富生说，哥你放心，你托付的事情我忘不了。

冷风吹着雪花在空中飞舞，烧过的纸屑像黑色的蝴蝶一样飞上了天空。翩翩起舞的雪花和纸屑，就像无数黑白蝴蝶在空中缠绵不休。

从东山坡上回来，气温明显下降了。富生找了一些干柴枝在帐篷里拢了一堆火。干柴枝有些潮湿，帐篷里弥漫的青烟呛得水清不停地咳嗽。富生脱下棉大衣朝外扇烟气的时候，唐排长和马有财走了进来。马有财咳嗽了两声说，富生，大清早的熏哈拉呢？

富生穿上棉大衣说，柴火潮湿，光冒烟不冒火。

马有财单腿跪地，弯下身子对着柴堆柔柔地吹了两口气，柴堆里面腾得一下冒出一股火，跟着柴堆就燃烧起来。

唐排长看了看水清说道，这里是个临时基地，可是你们也看见了，除了在河滩的崖壁上掏了两眼窑洞之外，什么条件也没有。虽然困难很多，但是，你们有什么困难就提出来，我们想办法解决。

水清说，唐排长，我们没有啥困难，就是想在这里多住一些日子。今天是富顺的头七，我们想给富顺过了七七再回去。

马有财说，水清说得没错，我们那里讲究过七七。

唐排长说，没有问题。这里虽然艰苦，但有地方住，也饿不了肚子。

水清感激地点点头，谢谢你唐排长。

唐排长说，感谢的话应该我说，你们民勤人为支持西藏的和平解放作出了巨大的贡献，付出了不小的牺牲，其中你家富顺就是一个为此献身的好青年。党和政府不会忘记他们，解放军也不会忘记他们。

水清说，唐排长，运输队什么时候才能把物资运完？

唐排长想了想说，什么时候青藏公路修通了，运输队的任务才算彻底完成。

水清茫然地点了点头。

高原的天气像个喜怒无常的孩子，一会儿刮风一会儿下雪。但不管怎么说，天气毕竟回暖了。残留在荒原上一冬的积雪开始融化了，干枯的梭梭草和骆驼草已经开始有点返青，无奈了一冬的骆驼们明显活跃起来。就在天气渐渐回暖的时候，源源不断的骆驼像流水一样又汇集到了莫河这片荒原上，冷冷清清的莫河一下子变得热闹起来。东山坡上有骆驼，西山坡上也有骆驼，整个莫河荒原到处都是骆驼。有阿拉善右旗来的骆驼，有腾格里沙漠来的骆驼，也有甘肃民勤来的骆驼。骆驼来自不同的地方，拉骆驼的驼工们也来自不同的地方。

望着漫山遍野的骆驼，水清的心也开始波动起来。水清也说不清楚自己为啥看见这些骆驼就惴惴不安。也许这些日子太寂寞了，现在突然来了这么多的人和骆驼，冰冷的心也像荒原的积雪一样开始慢慢融化了。晚上吃饭的时候水清问马有财，马叔，莫河一下子来了这么多人和骆驼，是不是运输队又要往西藏运送物资了？

马有财说，原来驼队是秋天出去春天回来，夏天水草肥美的时候，正是让骆驼抓膘的季节。可是现在情况不一样了，西藏那边急需救命的粮食和物资，驼队也没有办法闲下来。现在来的这些骆驼，就是准备去西藏的。天气转暖了，草也返青了，骆驼在莫河强壮强壮身体就该上路了。

水清又问，马叔，你不准备回家呀？

马有财说，我再走一趟就回家。我和别人不一样。我家里人口多，七八张嘴等着我挣钱吃饭呢。运输队的领导也器重我，好不容易人家器重我一回，我马有财不能给脸不要脸。再说，西藏那边的解放军缺穿少粮，咱们撂了挑子他们咋办？西藏那个地方海拔更高，气候更恶劣，在那样的地方没有吃喝，人还咋活嘛。

火堆里最后一点光亮熄灭了，帐篷里一下子黑暗了下来。躺在黑暗里的富生突然问水清，嫂子，你睡着了没有？

水清说，快了。

见富生没有了声气，水清问道，富生，你想说啥？

富生说，不知道妈现在干啥呢？

水清说，跟咱们一样躺在炕上想事呢。

富生又说，回去见了妈咋说呀，我心里面烦得很。

水清说，妈跟别的女人不一样，不比男人柔弱。

富生翻了个身看了看水清，黑暗中什么也看不见。他叹了一口气，唉，这些天我常常想，我哥这个人真没有福气。省吃俭用，把钱看得比命重。

停了一会儿水清说，他还不是为了这个家。你哥从小到大

143

穷怕了。妈拉扯你们兄弟不容易，他就是想过不愁吃喝的日子。不管咋说，你哥也是个男人。

富生说，我哥心里做事，脾气像闷驴。我们村里有一个泼妇仗着儿子多，经常欺负左邻右舍。有一次她欺负邻居，妈看不下去就说了她几句。谁知道她领着几个儿子上门来找麻烦，看着那个要吃人的阵势，我哥一句话不说，从墙角拾起一块砖往脑袋上一拍，就把那块砖拍碎了。那个泼妇一看我哥不要命的架势，领着儿子们灰溜溜地走了。

水清说，马叔说，富顺在纳赤台就病了，脑袋烫得像火炭，他就是一声不吭，到了香日德他就昏迷不醒了。当领导问他有什么要求时，他迷迷瞪瞪说要把金毛赎回去。从香日德到莫河，他趴在金毛背上难受成那样，就是咬着牙一声不吭。

富生没有吭气，帐篷里静得能听见喘气声。悄无声息的月光，不知不觉就进了帐篷，帐篷里面一片静谧。

春风没有消停的时候，日子过得也快。好像还没有什么感觉，富顺七七的日子就快到了。休整了一个月的骆驼队也要前往香日德转运站。运输队的王大队长专门从香日德赶到莫河，迎接新组建的骆驼队。半上午的时候，新来的驼工们云集到了东山坡下一片平坦的戈壁滩开大会。水清和富生无事可做，就跟着马有财去会场凑热闹。水清穿着棉大衣，戴着棉帽子，两根辫子往帽子里一塞，站在黑压压的人群里，没有人能看出来她是一个丫头。水清和富生往前面挤了挤，看见王大队长和两个穿军装的人走了过来。王大队长变得又黑又瘦,戴着一顶狗皮帽子，两个帽耳朵耷拉在半空中就像戏里面县太爷的官帽一样，走一步晃三晃。他走到一个小土堆上举起胳膊晃了晃说道，驼工兄弟们大家好，你们辛苦了。

人群中一点反应也没有。不知谁先带头拍了拍巴掌，人群里就响起了稀稀拉拉的掌声。王大队长挥挥手继续说道，驼工兄弟们，大家从不同的地方来到不毛之地莫河，咱们都是怀着一个目的，就是要把粮食物资运到西藏去。我和你们一样，没有当兵前在家放牛种地，现在也是一名光荣的驼工。大家别小看驼工的工作，在千里迢迢的青藏运输线上，骆驼就是汽车，驼工就是汽车驾驶员，就是冲锋陷阵的战士。我们就是要打败脚下这条艰难险阻的青藏路,把粮食和物资送到西藏去。按理说，整个春秋天气里，是给骆驼抓膘的最好季节。可是，我们没有时间等待啊。驼工兄弟们，西藏的数万军民，眼巴巴地在等着我们的粮食和物资。你们知道一块银圆在西藏能买到什么东西？

人群里出现了一阵小小的骚动。就在大家交头接耳的时候，王大队长提高了嗓门又说，驼工兄弟们，你们肯定想象不到。

我告诉你们，一块银圆在拉萨只能买到八斤干牛粪，八块银圆买一斤咸盐，一斤银子才能买到一斤白面。大家用不着吃惊，我没有说错，你们也没有听错，一斤白花花的银子只能买一斤白面啊同志们。你们想一想，这是一个什么概念。俗话说，在家千日好，出门一日难。为了和平解放西藏，我们数万指战员付出了难以想象的代价，甚至是他们年轻的生命。他们忍受着缺衣少粮的困难，眼睁睁盼望着粮食和物资早日运进西藏。可是，几百万斤粮食和物资还在我们手里。驼工兄弟们，也许你们现在还不理解，自己从事的工作有多么重要。运输工作是一个十分艰苦的工作，也是一个伟大的工作。我坚信，纵然前面是刀山火海，纵然前面有千难万险，我们的运输队也一定能把粮食和物资运到西藏去。西藏的数万指战员感谢你们，祖国人民感谢你们啊，驼工兄弟们！

王大队长的讲话像扔进深潭里的石头，在驼工们心里引起了反响，也在水清心里泛起了涟漪。动员大会在王大队长慷慨激昂的讲话中结束了，驼工们三五成群议论着去西藏的事情。水清悄悄离开了沸沸扬扬的人群，独自一人去了东山坡。

平平坦坦的荒原上，孤零零一座坟墓显得十分醒目。水清走到坟墓前，抬手把脑袋上的棉帽子取下来放在胸前。荒野的风扑面而来，把水清的头发吹到了空中。停了一会儿，水清对着坟墓轻轻叹了一口气，唉，富顺，有几句话想跟你说说，放在心里憋屈得很。刚才听了王大队长的讲话，不知道为啥我心里也痒痒得不行。我知道去西藏的路是一条不好走的天路，可是，人心都是肉长的，咱们不能眼睁睁地看着在西藏的解放军饿死冻死吧？我想让富生拉着金毛回去，我再替你走一趟西藏。你把命都搭在了这条路上，我还有啥舍不下的呢。大家都说你是一个了不起的男人，我也觉得你是一个了不起的男人。只是我自己的命不好，命里没有这个福气。我知道你舍不下我，害怕我一个人孤孤单单可怜，就让富生照顾我。其实，我早就成了你们家的人。你忘了，我十六岁的时候，你爹拉着我爹的手，我就成了你们家的人。只要富生不嫌弃，我活着是你们家的人，死了也是你们家的鬼。你放心，我会替你把妈妈照顾好……

就在水清滔滔不绝说话时，金毛不声不响卧在了水清跟前。水清看着金毛水汪汪的眼睛，忍不住搂住金毛的脖子哭了起来……

傍晚的时候风停了，温柔的夕阳撒满了帐篷。坐在夕阳里的水清，脸上像抹了一层胭脂。富生看着坐在门口的水清问道，嫂子，你在想啥？

水清一动不动说，啥也没想。

富生说，我知道你在想啥。

水清说，你又不是我肚里的蛔虫。

富生说，你在想西藏。

水清扭过脸看着富生没有吭气。

是不是？富生问道。

水清舒了一口气，还是没有吭声。她躲开富生的目光，转脸向帐篷外面望去。远处的哈里哈德山被夕阳吞噬了，哈里哈德山顶上成了一片燃烧的火海。

2

连着两天水清沉默寡言，富生以为水清割舍不下富顺，就没话找话开导水清。水清打断富生的话说，不用再说了，我啥都明白。

富生说，我说的是真心话，以后你啥时候想来，我啥时候陪你来。

水清说，我不回去了。

富生说，你能陪我哥一辈子？

水清看着富生一本正经地说，富生，我真的不走了。你带着金毛回家，我替富顺再往西藏送一趟粮食。

望着石头一样铺满河滩的骆驼，水清心潮起伏，她不知道去西藏的路途有多远多艰难，可是，她相信上天的路不会一帆风顺。

看着一脸严肃的水清，富生皱了皱眉头，嫂子，你……你真这么想？

水清点点头，我真的这么想。我不忍心那些解放军饿死。再说，我也想去看看唐古拉这条天路。

富生想了想说，我陪你一起去。也像我哥一样轰轰烈烈走一趟唐古拉山。

水清看着富生说，你带着金毛回家，我已经跟你哥说了。

跟我哥说有啥用？富生拧了一下脖子说，现在是我要对你负责。你要去西藏，我也得去西藏。说啥我也不能跟你分开，咱俩是一根绳上的两只蚂蚱，生生死死拴在了一起。

水清犹豫地说，那怎么跟妈说。

富生说，活人还能让尿憋死。

水清没有再说话，心里涌上一股暖暖的温情。

其实，王大队长的讲话，也深深打动了富生。可是，为了运输物资哥哥已经献出了生命，所以，他没有往这方面多想。让富生没有想到的是，水清想去西藏。他了解水清的性格，水清看似绵绵善善的，但是骨子里像个男人。

停了一会儿，富生说，这条路不好走。

水清说，别人能走，咱也能走。我就是想知道你哥是怎么走过来的，想亲手把物资运送到西藏。

富生说，骆驼队不要女人。

水清说，我去跟王大队长说。

富生问，嫂子，你想好了？

水清反问道，我问你，你想好了没有？

富生说，你想好了，我就想好了。

水清说，想好了以后就别再叫我嫂子。

富生看着水清，不由自主地又叫了一声，嫂子……

水清口气十分坚定的纠正道，叫水清。

富生张了张嘴没有说话。

水清说，明天就是七七，咱俩去给你哥说。

晚上躺下之后，水清说给家里写一封信，就说富顺的病已经好了，但是，运输队缺少人手，人家非要留下富顺再走一趟运输任务。为了照顾富顺，我俩陪着富顺完成任务后一块回去。

躺在火堆旁的富生说，我看行。

水清爬起来把富生盖的棉大衣扯下来，把自己的棉被盖在富生身上说，睡吧。

富生说，这咋行，你晚上冷。

水清说，去西藏这一路，你要听我的话。

富生没有吭声。

水清又说了一遍，睡吧。

富生翻了个身，一会儿就响起了鼾声。听着富生均匀的鼾声，水清闭上了眼睛，这些日子紧绷的神经，在富生的呼噜声中一下子轻松了许多。

第二天太阳升起来的时候，东山坡就像披了一层金色霞光。看见走上东山坡的富生和水清，卧在霞光里的金毛扬起脖子嘶叫了几声。水清和富生挨着金毛跪在了富顺的坟墓前面。富生划着火柴点燃了一张纸，一会儿工夫燃烧的纸片就变成了黑色蝴蝶在空中飞舞起来。

水清说，富顺，本来我想让富生和金毛回家，我替你走一趟西藏。可是，富生放心不下我。我和富生商量好了，我们带着金毛参加运输队，给和平解放西藏的解放军送一趟物资。王大队长说，西藏一块银圆才能买八斤干牛粪，八块银圆买一斤咸盐，一斤银子买一斤白面，你听见了吗富顺，他们多难呀。

富生也说，哥，你放心，我会照顾好嫂了，照顾好金毛。

水清打了一下富生的手，给你哥重说一遍。

富生看了水清一眼又说，哥，我听你的话，一定照顾好水清，照顾好妈妈，照顾好金毛。

水清说，富顺，我告诉过你，我水清生是你们家的人，死

153

是你们家的鬼。

水清的话音刚落，一阵风刮了过来，坟墓上旋起一股黄尘升向了天空。

水清说，你哥听见了。

富生说，哥，你看着，我也是一个男人。

从东山坡回来之后，水清和富生就去了马有财的帐篷。马有财还没有听水清把话说完，便摆摆手说，富生可以，你不可以。从南京到北京，从民勤到内蒙古，就没有见过女人拉骆驼的新鲜事。

水清说，马叔，从古到今女人啥不能做，女人照样上战场杀敌，照样能做皇帝管天下，为啥就不能拉骆驼？

马有财说，说是那么说，关键是吃不了那个苦啊丫头。听马叔的话没有错，富顺的七七也过了，稳稳当当回家吧。

水清说，求求你马叔，让我陪着富生走完这一趟我们就回家。

马有财说，丫头，我说了不算，我就是一个拉骆驼的。管事的人是唐排长，是运输队的王大队长。

水清说，我去找他们。

马有财说，省省心吧，找也白找，他们不会同意的。

水清拉着富生走出了帐篷。

运输队的临时办公室，就在河滩崖壁上的窑洞里。水清和富生刚走到窑洞跟前，王大队长和唐排长一前一后从窑洞里走了出来。唐排长有些吃惊地看着他们问道，水清，你们有事？

水清说，有事情。

唐排长指了指水清对王大队长说，水清就是富顺的未婚妻。

王大队长想了想问道，富顺是谁？

唐排长说，就是那个发高烧的驼工，最后在莫河没有了。

王大队长拍拍脑门，想起来了，想起来了。你们有什么要求就提出来，我们尽可能为你们解决。

水清把参加运输队的想法，竹筒倒豆子似的说了出来，惊得王大队长和唐排长都张大了嘴巴。

水清说，我们就是这个要求。

唐排长说，水清，你的请求让人敬佩，可是，这个请求不现实。

有啥不现实？水清说，富顺在这条路上没有了，富生要替哥哥参加运输队，我觉得我应该照顾好富生。再说，我也想为西藏做一点事情。那天，听了王大队长的讲话，心里像河水一样没有消停过。我觉得女人也应该为运输任务出一把力。再说，自古女人也不比男人差，女人能上战场杀敌，也能当皇帝掌管天下。

唐排长看了看王大队长，这，这是两码事情……

王大队长笑了笑说，怎么是两码事呢，明明就是一码事嘛。好事情，好事情，我完全同意水清同志的请求。哎呀呀，真是巾帼不让须眉啊，古有木兰替父从军，今有水清替夫运输。水清同志，我批准你参加运输队的工作。

水清给王大队长鞠了一个躬，谢谢你王大队长。

唐排长疑惑地看着王大队长，老团长，这，这个……

王大队长呵呵笑了两声。

望着水清她们远去的背影，唐排长嘀嘀咕咕说，老团长，这可不是开玩笑的事情，骆驼队哪有女人拉骆驼的先例。

王大队长说，我问你，历史上有过青藏运输队的事嘛？从来没有过。任何事情只要你去做就有了先例，你不去做永远没有先例。水清参加运输队是一个榜样，既能鼓舞士气，又能为我们青藏运输队树立一个典型。

唐排长点点头，我懂了。

王大队长又说，不过，路上要照顾好水清。她丈夫已经牺牲了，不能让她再有什么闪失，毕竟她是女同志嘛。

唐排长说，我知道应该怎么做。

唐排长刚走进帐篷，马有财就把水清的事情告诉了唐排长。

156

唐排长不以为然笑了一下，这有啥大惊小怪的，这说明水清同志的政治觉悟高嘛。

马有财看着唐排长问道，你们同意了？

唐排长点点头，同意了。

马有财又问了一遍，真的同意了？

唐排长说，王大队长还表扬了水清呢。

马有财用烟锅指了指唐排长，胡毯闹！真是胡毯闹！自古男人拉骆驼，没有见过女人拉骆驼。

唐排长说，老马，你这个思想有问题，是重男轻女的封建思想。为啥同意水清参加运输队，这是政治的需要，是宣传的需要。你知道吗，榜样的力量是无穷的。

马有财没有说话，吐出一口烟气走出了帐篷。暮色苍茫的荒原里，一声苍凉的狼嗥声显得悠远缥缈。

3

驼队出发的这天早晨，水清和大家一样穿着棉大衣，戴着棉帽子，就跟个假小子一样，没有人看出她是一个丫头。站在金毛前面的水清，兴奋地扭头看了一眼身后的十峰骆驼，心里有一种说不出的激动。她为富生高兴也为自己高兴。她觉得一个普普通通的农村丫头，不仅拉着骆驼去西藏，而且干了一件男人们干的事情。心里有一种说不出来的自豪。庞大的骆驼队伍在水清难以言表的兴奋之中离开了莫河荒原。

长长的骆驼队伍，看不见头也看不见尾。荒原上叮叮咚咚的驼铃声，显得柔弱而空灵。哈里哈德山已经隐退不见了，眼前是一片无边无际的大戈壁。开阔的戈壁滩在阳光下闪着金色的光芒，梭梭草尖上已经探出嫩绿的颜色，这些星星点点的嫩绿，让枯萎了一冬的戈壁又有了生气。随着天边的朝霞慢慢散去，太阳也越升越高。早晨还冷冰冰的天气变得暖和起来。暖洋洋的戈壁不断向前延伸，追赶的水清额头上冒出一层纤细的汗珠。水清抬起手擦了擦额头上的汗珠，随手又把棉大衣脱了下来。她看了富生一眼说，才走了半上午就走出汗来了。

富生接过水清手里的棉大衣，回手搭在金毛背上说，这里早晚温差大，早穿棉午穿纱，围着火炉吃西瓜。

水清问，你怎么知道的？

富生说，听马叔说的。

水清说，马叔也不容易，五十多岁的人了，还风里来雨里去。

富生说，马叔没有办法，家里孩子多得跟羊群一样，还有一个疯疯癫癫的傻孩子。老婆成年到头有病，用马叔的话说，老婆是一个药罐子，他不出来拉骆驼，一家人都得把脖子扎起来。

水清说，家家都有本难念的经。

富生说，马叔说，银毛的死对我哥打击太大，要不然他不会病倒的。唉，当初要是听我的话，也不会是这个结果。

水清说，你哥心眼死，累死的驴，跑死的马。

富生说，我妈说，他跟我爹是一个模子里扣出来的两个月饼。

水清说，都是实在人。

富生说，要么我哥最后的两句话，一句是照顾好你和妈，另一句就是照顾好金毛。

水清眼圈热了起来，她急忙扭过脸看了看金毛。金毛两只圆圆的眼睛，就像两个光滑的玻璃球。看着精神抖擞的金毛，水清心里想，莫河这个地方的水土养骆驼。吃了一个多月含盐分的骆驼草，金毛软塌塌的两个驼峰已经直立起来了，身体看着也强壮了不少，浓密的棕毛就像一件金色的蓑衣，显得威风凛凛。

明晃晃的大戈壁越走越大，越走越开阔，越走越看不见尽头。走了整整一天，遥远的地平线还是那么遥远。一条不知名的河水从戈壁上缓缓流过，浩浩荡荡的骆驼队在河边停住了脚步。沿着河岸扎下的帐篷和数不清吃草的骆驼，把戈壁变得不再那么辽阔。

傍晚坐在篝火旁吃干粮的唐排长看着水清问道，水清同志，走了一天戈壁滩，感觉怎么样？

水清说，这么多骆驼，这么多人，热热闹闹的。

唐排长说，又热闹又新鲜是吧？我第一次看见这么多骆驼也是这种感觉。时间长了，这种感觉就跟看戈壁一样也没什么了。

水清笑了笑没有再说啥。

河水被晚霞染成了红色，微微的水波像鱼鳞似的闪闪发光。水清把棉帽子往后推了推，撩起河水洗了一把脸。凉冰冰的河水立刻让水清有了精神。望着河水中不男不女的自己，水清觉得自己的样子怪怪的，好像不是真实的自己。红色的河水失去了色彩，变成了一条灰色的河流。水清望了一眼天空，天边最后一抹晚霞也暗淡了。她站起身子向不远处的金毛走去。走到金毛跟前，水清拉了拉金毛的缰绳，听话的金毛双腿一软就卧在了地上。水清迅速解开裤带蹲在金毛身后方便起来。

晚上睡觉的时候，富生有些为难地看了看水清。水清满不在乎地拿起被褥就要去帐篷外面。马有财说，出门在外，哪有什么讲究，大家都穿着衣服睡觉有啥关系。

唐排长也说，老马说得对，特殊情况特殊对待。再说，帐篷里也安全。你要是有个三长两短王大队长饶不了我。

水清想了想把被褥扔在了地上，我又不是城里长大的丫头，没有那么娇嫩，你们吃的苦，我也能受。

唐排长说，巾帼不让须眉这话一点不假。我看出来了，水清是个能吃苦的姑娘。

富生把水清的被褥铺在地上问道，唐排长，巾帼不让须眉是啥意思？

唐排长笑了笑说，就是女人不比男人差的意思。

富生说，唐排长你别笑话，我就上了两年小学。

唐排长说，我笑话你干啥，我也就是初小文化。水清同志，你是啥文化？

水清撩开被子钻进被窝说，我也就上了几年小学。

唐排长说，看起来这个帐篷里，就咱两个人喝了几天黑墨水水。

马有财吐出一口烟说，好歹你们上过几年学，我连一天学没上过。活了一辈子，可怜的就会写马有财三个字。

唐排长说，只要有恒心，现在学也不晚。

马有财磕了磕烟锅苦笑了一下，啥也不想了，睡觉。

帐篷里没有了声音，安静得能听见帐篷外面的风声。没有多大工夫，帐篷里香甜的呼噜声就淹没了帐篷外面的风声。

161

风仿佛把月光吹进了帐篷，帐篷里一片淡淡的清冷。躺在被窝里的水清没有睡着，她做梦也想不到自己成了一个驼工，而且和这么多男人睡在一个帐篷里。也许自己现在躺的这个位置就是富顺躺过的位置。想起富顺，水清心里就隐隐作痛。她觉得富顺命苦，命里面没有好日子。苦也吃了，累也受了，眼看着好日子来了，可怜他连新房都没有看上一眼。水清越想越觉着有些后悔，早知道今天这个结果，还不如临走的那个晚上把身子给了富顺。那天晚上，富顺一个劲麻缠着自己，就是想要自己的身子。如果给了富顺，弄不好还能给富顺留下一个根呢。唉，现在说啥也没有用了，富顺已经去了另外一个地方。水清翻了个身，冷风就钻进了被窝。水清用手塞了塞被子，就听见睡在旁边的富生在说梦话。一想到躺在旁边的富生，水清脸蛋儿就有些发热。她无论如何也不会想到，事情就像变戏法一样让人不知所措。自己从嫂子的身份，转眼就变成了媳妇的角色。她觉得这是老天爷在冥冥之中安排好的。既然命里注定，谁也抗不过命。反正白布袜子不分里外，富顺走了，可富生还在。她不会让富顺失望，她要多生几个娃娃，也算是弥补对富顺的遗憾。

　　水清翻了一个身，心里也轻松了。两个眼皮便沉重起来。小小的帐篷里，鼾声就像唱歌一样，一会儿高亢嘹亮，一会儿委婉细腻。

　　轻松的路程到香日德就停止了。从香日德出发，满载货物的骆驼队便开始了负重跋涉。走戈壁进沙漠，翻山梁过河流，骆驼队在单调的驼铃声中日复一日枯燥前行。即便是看着星星出发，暮色苍茫中宿营，每天也只能行程三十公里。用唐排长的话说，骆驼队的行进速度虽然慢了一些，但骆驼队充满了乌龟和兔子赛跑的顽强精神。几天的行程下来，水清的脚上已经磨出了水泡。尽管她装模作样好像什么事情也没有发生，有心的富生还是看出来了。

　　傍晚宿营的时候，富生说，乘着天还没有黑，我帮你把脚上的水泡挑了。

　　水清说，没关系，过两天就好了。

　　富生说，要是化了脓就麻烦了。

　　水清红着脸坐在地上脱了鞋袜。富生从荆棘上掰下一根小刺，把水清的脚放在怀里挑起了水泡。水清的脚上磨起了好几个水泡，有的水泡已经磨破了，鲜血把脚掌染成了红色。两只脚上的水泡挑完之后，富生抚摸了一下小葱白似的脚趾头，从衬衣上扯下一块布条，小心翼翼包在了水清的脚上。

　　水清说，没有衬衣你穿啥？

富生没有理会水清，又扯下一条布把水清另一只脚也包了起来。他一边包一边满不在乎地说，光身子舒服，再说，天气眼看着热了，穿不穿没关系。

富生只顾包裹水清的脚丫子了，没有注意水清眼睛里面已经噙满了泪水。

坐在火堆旁的唐排长看着不远处的富生和水清，发自内心地说了一句，水清真是个好丫头，可惜富顺没有福气。

马有财抽了一口烟说，反正肉烂在自家锅里，跑不到别人碗里。

唐排长笑了笑，老马，虽然你没有上过学，可说话还是满有意思的。

马有财说，有啥意思，实话实说呗。唐排长，是不是想你的女人了？

唐排长说，我哪有什么女人，我的女人还不晓得在啥子地方转圈圈勒。

马有财说，找女人容易，找个好女人不容易。女人喜欢守着男人过日子，不喜欢常年在外跑的男人。唐排长，你不用操心，你肯定能找一个好女人。

唐排长问，为啥子我就能找一个好女人？

马有财说，你有文化，又是解放军干部，月月有工资，不愁吃不愁喝，那个女人都愿意跟你这样的男人。

唐排长问道，老马，你的女人咋个样，也是一个好女人吧？

马有财鼻子里哼了一声说，跟老母猪差不多，生了一窝又一窝。

唐排长扑哧一下笑了起来。无动于衷的马有财脸上没有一点表情。

连续走了几天的大戈壁，骆驼队开始翻越连绵起伏的大山。原本就不善于走山路的骆驼们，肉墩墩的蹄子开始出现了问题。有不少骆驼走起路来已经一瘸一拐，这让驼工们的心开始忐忑不安。富生他们的十峰骆驼中也有一峰骆驼磨破了蹄子，而且情况十分糟糕。富生最担心的事情，还是在翻越一道山梁时发生了。那天翻越山梁时，那峰骆驼摇摇欲坠几次差一点儿倒在路边。下坡的时候，尽管富生用肩膀和身体顶着骆驼沉重的身体，可是一切都无济于事，那峰骆驼还是一头杵倒在了山路上。由于身体太重，骆驼的一只前腿硬生生在石头缝里杵断了。白森森的骨头断成了两截，鲜血像喷泉一样喷了出来，吓得水清尖叫着捂住了眼睛。望着痛苦嚎叫的骆驼，不知所措的富生问马有财咋办，马有财没有搭理富生，急忙叫来了唐排长。唐排长看了一眼痛苦的骆驼，二话没说，举起枪对着骆驼的脑袋开了一枪。

马有财对富生说，把骆驼身上的粮食分装到其他骆驼背上继续赶路。

富生把粮食分别驮在其他骆驼背上，一转身发现水清浑身抖得像一片树叶。富生把水清搂在怀里说，别害怕，一会儿就好了。

水清说，骆驼太可怜了。

富生说，骆驼死了，没有啥痛苦了，咱们走吧。

水清擦了擦眼泪问道，那个骆驼咋办？

富生说，能咋办，留给野狼和秃脑袋鹰了。

水清伤感地说，我想起咱家的银毛了。

富生心里一阵酸楚。

翻过最后一座陡峭的山梁，落日把山顶上的白雪染成了红色。精疲力竭的骆驼队在谷地里扎下了帐篷。从大山里流淌出来的河水，绕过帐篷一直流向谷地深处。大家卸下骆驼背上的驮子，点着了篝火。

唐排长犹豫地说，才出来这几天，咱们这个组已经损失了两峰骆驼。前面的路还长着呢，不知道还有多少麻烦在等着咱们。

马有财说，好在不是冬天，至少骆驼有吃的，体力不会太糟糕。

唐排长说，青藏公路修通就好了，再也不用骆驼搞运输了。

马有财问，啥时候能修通青藏公路？

唐排长说，慕生忠首长带着人马，夜以继日地在修公路，估计明年就差不多了。

马有财瞥了一眼唐排长，不容易啊。

唐排长说，没得办法，就是上刀山下火海也要修通这条公路。没有彻底修通这条公路之前，还得靠咱们骆驼运输队，咱们骆驼运输队就是西藏的生命线。

马有财说，唐排长问你个事情，土改工作队的同志在我们村里说，等到了共产主义社会，天上飞的是飞机，地下跑的是火车，吃饭不要钱，穿衣也不要钱，人人都能娶媳妇，日子过得油汪汪的，这不是吹牛皮吧？我怎么觉着说话跟喘气一样容易。我心里琢磨着，修一条路都这么艰难，共产主义哪有那么容易就实现了？

唐排长说，我们现在的一切努力，就是为了这个目标打基础。

马有财嘿嘿一笑，做梦一样的好日子，恐怕我是看不见了。

唐排长说，你也许看不见了，你的儿子孙子一定能看见。

马有财不再说话，大家也不说话。富生一口喝了茶缸里的水站起身子，走到不远处的河边跟前。在河边吃草的金毛看见富生抬起了脑袋，富生抬起金毛的几个蹄子看了看，然后把一个馕疙瘩喂到金毛嘴里。听着金毛咀嚼馕疙瘩的声音，富生觉得心里踏实。他拍拍金毛的脖子说，金毛，你一定要坚持住，走完这一趟咱们就回家。

金毛摆摆脖子，叮咚的铃声格外响亮。

金毛的蹄子没事吧？

富生转身发现水清站在身后，他看了看水清说，问题还不大。我把金毛身上的粮食分了一些给其它骆驼。

水清说，我就害怕金毛出点啥问题。

富生说，我不会让金毛出问题。

水清把半个馕疙瘩塞到富生手里说，我问马叔了，马叔说，越往前走越难走。

富生又把馕疙瘩塞给水清说，好走难走，都没有回头路了。

水清再一次把馕疙瘩塞给富生说，人家有两条腿，咱们也有两条腿。天底下只有享不了的福，没有受不了的苦。

富生看着手里的馕疙瘩说，你呀，我真的吃饱了。

水清说，我还不知道你，你的口粮里也有金毛的一份。赶快吃了吧，饿坏了身体我可不答应。

看着水清动人的样子，富生心里暖洋洋的。他狠狠地咬了一口馕疙瘩说，放心，我不会瞎糟蹋自己的身体，我还要留着好好过日子呢。

水清闪着两只明亮的眼睛说，富生，只要你好好的，吃多少苦，受多少罪，我都不在乎，天上下刀子我也不害怕。

富生说，水清，我想了好几天了，走完这一趟就回家。咱们也为和平解放西藏出了一份力，就是回家心里也踏实了。

水清说，我听你的。

富生点点头，真的想家了。

水清说，富生你看，天上一个月亮，水里一个月亮，两个月亮一样一样的，就像你们哥俩一样，一个在天上，一个在地下。

富生说，说是那么说，好人能去天堂。我哥要是真在天上就好了，现在他正看着咱们呢。可惜，天上不收留咱们凡人。

水清说，人家都这么说。

看着月光下楚楚动人的水清，富生突然产生了一种强烈的欲望。他想把水清紧紧地搂在怀里，给这个可怜的女人一点温暖。可是，这种冲动刚刚冒了出来，很快就被他压制了下去。如果哥哥真的在天上，哥哥会看不起他的。富生舒出一口气，换了一个话题说，不知道妈收到信没有？

水清说，只要表姨夫接到信，就会给妈送去。

富生没再说话，直盯盯地望着天上的月亮。实际上，此时此刻，水清的心情也和浓浓的月色一样缠绵。她也希望富生火热的胸膛温暖一下自己冰冷的身体。可是，她不能这么做。富顺尸骨未寒，她这么轻佻，这么迫不及待，富生会小看自己的。不过，想是这么想，她还是抑制不住内心的激动，拿出勇气拉了一下富生的手说，富生，咱们回去睡吧，天气冷了。

富生点点头，跟着水清朝帐篷走去。

谷地里的月亮格外明亮。明亮的月光下，精力旺盛的狼群活跃了一晚上，到黎明前还在山梁上嚎叫。

第六章　家书抵万金

1

　　就在富生他们在山谷里看月亮的时候，富顺妈也坐在炕上看着月亮。富顺妈想象不出戈壁滩上的月亮是什么样子，是不是跟窗外的月亮一样被云彩遮住了一块，就像圆圆的脑袋上包了一块白布。自从孩子们走了之后，富顺妈的魂仿佛也跟着孩子们去了大戈壁。一天到晚魂不守舍，一会儿出去一会儿进来，跟热锅上的蚂蚁一样。前两天去石羊河挑水，看见河对岸有几个拉骆驼的人。她心里一阵激动，不管三七二十一，扔下水桶冲过河去，问那几个拉骆驼的人是不是从西藏回来的？那几个拉骆驼的人睁大眼睛看着她，还以为碰上了一个疯女人。从那以后，有事没事她就去石羊河边站一会儿，盼望着哪一天孩子们突然出现在光秃秃的河滩上。

白天的日子不好打发，夜晚的日子更难过。她经常整夜整夜睡不着觉，脑子里面胡思乱想。而且，往往想的都是让她担惊受怕的事情。每当这个时候，最好的办法就是坐在炕上看月亮。看见月亮她的心情还好一些，如果看不见月亮，她的心情一晚上不会畅快。孩子们走了这么长时间，一点音讯也没有，就像飘散的炊烟一样。她心急如焚，嘴唇上起了一排亮晶晶的小水泡。有一次，她梦见富顺一瘸一拐变成了一个小老头，还梦见富生被一群饿狼追得满头大汗，只有水清还是那个样子，就是脑袋上一根头发也没有了，那个样子像个可怜的尼姑。早晨醒来坐在炕上，越想心里越麻乱。她收拾好包袱要去找孩子们，被表姨夫拉了回来。表姨夫把包袱往炕上一扔，没好气地说，你咋就沉不住气呢？孩子们跟着解放军走了，又不是跟着土匪走了。你有啥不放心的，又不是去杀人越货。孩子们是去干正经事，用公家人的话说，是干一件伟大的事业。你疯疯癫癫撵上去算干啥的嘛，还不让人家把大牙笑掉？

富顺妈说，我就是担心富顺的病。

表姨夫说，富顺有病也有人照顾他。再说，解放军里面还有医生，水清她们去不就是照顾富顺吗？俗话说，病来如山倒，病去如抽丝。就是富顺病好了，远天远地的，回来也得有些时日。

富顺妈说，孩子们过了年就走了，现在都快立夏了。

表姨夫哀求道，好我的你哩，几千里路靠两只脚丫子一步一步走回来。他们要是跟鸟一样长着两个翅膀早就飞回来了。你就在家里耐心熬着，也让我少操一点心。

富顺妈若有所思地说，我怎么觉着，是不是富顺有啥麻烦了？

表姨夫说，你呀，成天胡思乱想。你咋不往好的地方想呢，不要自己吓唬自己。如果有麻烦，早就捎信回来了，你想一想是不是这个道理？

富顺妈半信半疑地点点头，也是。

这就对了。表姨夫笑了笑说道，没有事出去转一转，一个人成天憋在屋子里，没有事情也憋出事情了。要不然就去我家住些日子，跟孩子妈说说话，心里也不憋闷，省得你一天胡思乱想。

富顺妈一声长叹。

其实，富顺妈明白拉骆驼的道行，只是由不得自己而已。早些年富顺爹出门，有时一走就是半年，她带着孩子们也是这

173

样熬日月。不过，那时候有孩子缠绕在身边，日子虽然过得清苦，但也觉得踏实。可是现在，屋子里除了自己就是自己的影子。早晨太阳出来，怎么也等不到落下去，日子过得比推磨还慢。为了打发时间，她常常拿着一块破布去擦新房子的门窗。新房子盖好几个月了，门窗啥时候都跟新的一样闪闪发亮。望着漂亮的新房子，她似乎看见小孙子在院子里步履蹒跚的样子，似乎听见了稚声稚气的笑声。可是晚上躺在空荡荡的土炕上，时间过得跟蜗牛似的。即便就是睡着了，经常被神神鬼鬼的梦惊醒。于是，她干脆坐起来望着窗外的月亮。看月亮成了她生活里重要的事情，也是不可或缺的事情。窗外的月亮看不见了，她就看着云彩，云彩一片一片离去了，公鸡的打鸣声便此起彼伏响了起来……

窗外的月亮明亮起来，遮挡月亮的云彩不知哪里去了。富顺妈觉得身上有了一些凉意，随手抓了一件衣服披在身上继续望着天上的月亮。月亮走得慢，云彩也走得慢，她弄不清楚是月亮在走还是云彩在走。她觉得孩子们就像月亮一样明明亮亮，自己就是追赶月亮的云彩。一会儿工夫，一片云彩追上了月亮，并且遮掩住了月亮，屋子里变得暗淡了。富顺妈无精打采地躺进被窝，没等她闭上了眼睛，嘹亮的鸡叫声就穿过窗户，在耳边响了起来。

第二天中午，富顺妈正在吃饭的时候，表姨夫一溜小跑进了院子。人还没有走进房门，声音早已传进了屋子。富顺妈急忙跳下炕，表姨夫晃着手里的信进了屋，富顺妈，富顺妈，孩子们来信了，孩子们来信了。

富顺妈一把拿过信紧紧地贴在胸前，老天爷，总算盼到他们的音讯了。

表姨夫激动地说，盼星星盼月亮，可算是盼到了一封信。我是嘴上不敢说，心里也像猫抓一样。这下踏实了，心又掉进肚里了。

富顺妈把表姨夫让到炕上说，快看看孩子们信里面说了些啥，他们几时能回来？

表姨夫打开信看了半天说，孩子们说，富顺的病完全好了，运输队急需往西藏送货物，又缺少拉骆驼的人手，人家不但把富顺留下了，还把富生和水清也留下了。孩子们说，等把这次运输任务完成后他们就回来。

还说了一些啥？

表姨夫抖了抖信纸说，就这些。

富顺妈拿过薄薄的一页信纸看了看问道，信上没说富顺害得啥病？

表姨夫回答说，没有说就不是要命的病。富顺还能继续参加运输工作，说明不是什么大毛病。你呀，把心踏踏实实放进肚里，等着孩子们回来就是。

富顺妈抹了一把眼泪说，西藏这个地方真叫个远，走一趟跟上天一样难。

表姨夫笑着站起来说，这下总算有个盼头了，耐心等着吧，以后这日子就像芝麻开花一天比一天好，你是越老越有福气啊。

送走了表姨夫，富顺妈靠在门板上，抑制不住的喜悦让她失声痛哭。当天晚上她睡了一个好觉，她不但梦见孩子们骑着骆驼回来了，而且还梦见了富顺他爹。

第二天天还没有亮她就醒了。睁开眼睛第一件事情就是点着煤油灯，在煤油灯下翻来覆去摸着那张薄薄的信纸。她不认识字，但她觉得信纸上面那些黑豆一般大小的字就像孩子们在眼前晃动。多少天来她第一次感觉到从未有过的踏实和幸福，她感觉就像洗了一个热水澡，从里到外的轻松。天色渐渐亮了，屋子里的黑暗也散去了，她把薄薄的信纸贴在胸口，心里在想，不知道孩子们离天边还有多远。

2

一大早天空就阴沉的像个倒扣的锅底。大家把粮食驮搬放到骆驼背上，又用雨布把驮子捆绑得严严实实这才放心上路了。阴阴沉沉的天空如影随形了一上午，就是不见一滴雨水落下来。就在大家以为不会下雨的时候，突然刮起了飞沙走石的狂风。黑压压的天空被快刀一样的闪电切成了无数碎片，轰隆隆的雷鸣声中瓢泼大雨从天而降。雨裹着风，风带着雨，天地之间变得风雨飘摇。富生紧紧拉着金毛的缰绳，扭头对水清大声喊道，拽紧金毛身上的驮子。

水清抓住驮子上的绳子，金毛庞大的身躯像堵墙似的挡住了劈头盖脸的雨水。水清立刻觉得好受了一些，但眼前什么也看不清楚。惊天动地的雷声从耳边滚过，震得耳朵嗡嗡直响。平常硬邦邦的戈壁，此刻被雨水泡得软塌塌的。水清两只湿淋淋的布鞋里面灌满了碎沙石，硌得两只脚丫子像没穿鞋一样。水清弯下身子迅速脱下鞋清理了一下，然后又紧紧抓着金毛继续朝前走去。如注的狂风大雨之中，骆驼队像一片片飘零的树叶无着无落。前面的骆驼没有影子，后面的骆驼也不见踪迹，天地间风雨茫茫。

精力旺盛的大雨一直下到诺木洪，落汤鸡似的骆驼队才停住了脚步。这个时候，躲藏了一天的太阳在西边的山顶上露出了脑袋。四分五裂的乌云，变色龙似的把天空变得五颜六色。骆驼队在一个破败的羊圈旁边卸下了骆驼背上的驮子。好在驮子被雨布包裹的严实，粮食没有被雨水淋湿。大家松了一口气，在羊圈里扎下帐篷后便纷纷开始收拾湿漉漉的衣服。

离羊圈不远的地方，有一个低矮破旧的小土房，大概是牧民临时居住的小房子。富生走到土房里面看了看，房子虽然破旧，可是里面干干爽爽，地上还有干柴和干羊粪蛋。富生返回羊圈从驮子上抽出一张羊皮递给水清说，水清，拿着大衣去小房里面把湿衣服换了，等一会儿点着火再把湿衣服烤干。

水清接过羊皮，拿起棉大衣匆匆向小土房走去。驼工们见水清进了小土房，纷纷从驮子里拿出棉大衣，就地脱了湿漉漉的衣服换上了棉大衣。

马有财换上棉大衣说，让雨水泡了一天，身上快发霉了。

富生一边拧着湿衣服一边说，没想到戈壁滩的雨这么大。

马有财说，诺木洪这地方雨水多，以前马步芳的队伍在这里种过粮食，还种过大烟呢。马步芳这个家伙害着呢，西北三马属他有本事。

再有本事也被我们打到台湾去了。唐排长走过来说，他要是有本事，怎么不修青藏公路？说到底就是一个土霸王，除了欺压老百姓就是剥削老百姓。

马有财说，这话不假。听说，马步芳逃跑的时候，黄金装了满满一飞机，由于黄金太重，飞机从天上掉到了沙漠里。

唐排长笑着说，如果掉到民勤，你就成马老财了，不是马有财。

马有财说，我要是有那么多的黄金，就做几个黄金骆驼，天天躺在家里看它们，心里不知道怎么舒坦呢。

富生说，马叔，有那么多黄金干啥不好，做几个骆驼摆在家里，既不当吃，又不当喝有啥意思。

马有财笑着说，你马叔就是个骆驼命，有钱没钱心里就是骆驼。想一想真是没有啥出息，拉了这一辈子骆驼，还是离不开骆驼。

唐排长看了一眼小土房问道，富生，土房里有没有干柴火？

富生说，有柴火还有干羊粪。

唐排长说，太好了，咱们可以喝上开水了。

大家收拾得差不多了，便集中到了小土房里。小土房里，水清已经点着了一堆火。大家挤在火堆周围纷纷烤起了湿衣服。衣服烤得差不多了，壶里的水也开了。大家拿出馕疙瘩，就着开水吃起了晚餐。

铁锤说，要是能吃一碗酸面条就好了。吃了两个月的馕疙瘩，肠子跟骆驼蹄子一样快磨出窟窿了。

富生笑了笑说，铁锤，你咋和别人不一样呢，人家都是用胃消化食物，你用肠子消化食物。

铁锤说，我跟别人不一样，你跟别人也不一样。

富生问，我咋跟别人不一样？

铁锤张了张嘴没有说话，扑哧一声笑了。

富生说，你说呀。

铁锤说，人家都是拉着骆驼缰绳走，你是拉着水清的手手走，就是跟大家不一样嘛。

铁锤的话一出口，屋子里的人都笑了起来。

富生的脸腾的一下比火堆还热，他红着脸狡辩道，胡说八道，你啥时候见我拉水清的手了？

铁锤得意地笑着说，拉手手，亲嘴嘴，美死你了。

富生站起身一下扑过去将铁锤压在身体下面。马有财一把推开富生说，干啥呢干啥呢，说说笑笑图个热闹，就是拉了手，亲了嘴有啥嘛。

水清一把拉住富生的手说，铁锤你好好看，我们就拉手手了。

铁锤坐起来说，拉就拉呗，我说了句笑话，富生就跟老虎一样吃人呢。

富生没意思的又坐了回去，拿起馍疙瘩吃了起来。

唐排长笑了笑说，真有意思。

马有财看了铁锤一眼说，眼红人家干啥，别说拉手手，有本事你去摸人家的脚也没人管你。就怕你啥也摸不上，只能摸骆驼蹄子。

唐排长打开岔问道，铁锤，你身体苗条的跟个丫头一样，怎么起了这么一个硬邦邦的名字？

铁锤说，听我妈说，我从小身体不好，才给我起了一个硬邦邦的名字，希望长大以后像铁锤一样结实。

马有财说，我大哥给孩子起的名字才有意思呢，老大叫马拴驴，老二叫马拴牛，老三叫马拴狗。

为啥起这样的名字？唐排长问，又是驴又是牛又是狗的。

马有财说，我大哥前面几个孩子都没有活下来，好不容易活了一个，生怕再有啥闪失，就起名叫拴驴。说来也奇怪，拴住了驴，接下来两个孩子也都活了，名字也就都带一个拴字。农村人觉得，名字越难听孩子就越容易活。

小屋里的气氛活跃轻松，看着火堆一点点暗淡了，大家便起身回帐篷睡觉去了。马有财走出门口，又回过头对富生说，富生，今天晚上就让水清在房子里睡吧，帐篷里面太潮湿。

富生说，她一个人不敢睡。

马有财说，你是干啥吃的。

富生跟着马有财去帐篷把水清的被褥抱到了土房里。回到土房后，富生把被褥铺在火堆旁说，累了一天，早点睡吧。

水清说，你先出去，我把衣服换上。

富生转身走出了土房，水清背过身子迅速把棉大衣脱了，换上了烤干的衣服。她钻进被窝后朝着门口喊了一句，好了。

富生回到土房后，火堆也快熄灭了。富生拿起水清的棉大衣准备睡觉时，发现棉大衣的两只袖子单单薄薄的。他用手摸了摸袖子，发现袖子里面的棉花没有了。富生奇怪地问道，水清，袖子里面的棉花哪里去了？

水清说，我用了。

富生奇怪地问，你用了？

水清说，女人的事情。来的时候没有带那么多草纸，只能用棉花凑合。

富生躺在羊皮上没有吭声。

水清说，富生，你钻到我脚底下睡吧，这样暖和一些。

富生还是没有吭声。

水清又说，咱俩又不是偷鸡摸狗，你害怕个啥。

停了一会儿，富生爬起来把身上的大衣搭在被子上，钻到了水清的脚底下。富生一动不动躺在被窝里，怀里像揣了个小兔子。躺了一会儿，他翻转了一下身体，没想到水清的两只脚

182

丫子正好就在自己的怀里，他犹豫了一下，然后抱住了水清的两只脚丫子。

其实，水清也没有睡着。这么多天来她心里一刻也没有平静过。她为失去富顺而难过，同时又为有了富生而感到欣慰。自从迈进富顺家的门槛，她就喜欢上了这一家人。婆婆心地善良，通情达理。富顺厚道勤快，也知道心疼人。富生虽然活套一些，但也规规矩矩，虽然嘴巴比富顺能说，可一点也不讨人嫌。一家人省吃俭用，和和睦睦，她从心里庆幸自己到了一个好人家。然而，让她万万没有想到的是，就在自己一心一意准备当新娘的时候，不幸的事情揉碎了她的心。她后悔莫及，要是自己不让富顺参加运输队也就不会发生这个悲剧。可是，自己又不是神仙，谁能料想到无法预知的事情。让她心暖的是，富顺在弥留之际也不肯舍弃自己，硬是把自己托付给了富生。开始的那些日子，她为富顺这份情意感动，也为这份情意尴尬。随着这种尴尬变得习以为常，她从心里开始接受富生了。她在心里告诫自己，已经失去了富顺，决不能再失去了富生。虽然一路上千辛万苦，可她心里一点不后悔。只要天天看着富生健健康康，再大的付出她也心甘情愿。就在刚才富生躺进被窝的那一瞬间，她觉得一切付出都是值得的。久违的温暖空气一样包围着她，一天的疲惫早已跑得无影无踪。年轻人的心都是相通的。水清相信，并且能感觉到，此时此刻富生和自己一样，不会有一点瞌睡。

正如水清想的那样，富生一点睡意也没有。往常拉着骆驼行走一天，只要躺下身子就能睡着。可是，今天躺在暖暖和和的被窝里，却一点睡意也没有。富生心里明白是怎么回事，他只是没有心理准备。对于从来没有接触过丫头的他来说有些束手无策，而且，躺在身边的这个丫头不是别人，如果没有出意外就是马上进门的嫂子。说心里话，富生心里一直喜欢这个嫂子。他心里的媳妇标准也是水清这样的丫头。不过，他万万没有想到事情会发展成这个样子。那天哥哥弥留之际说的话，他心里跟小葱拌豆腐一样清清楚楚，只不过当时没有想那么多。随着日子一天一天过去，他知道自己和水清的事情必须面对现实。他觉得自己有责任呵护好水清，保护好水清。在水清身上凝聚着两个男人的情怀，凝聚着一家人的希望。他本来想跟水清谈一谈这个问题，可又觉得不妥，哥哥才走了几个月，自己就这样迫不及待，实在是有点大逆不道。他了解水清，知道水清是个实实在在的好丫头。水清已经和这个家有了深厚的感情。水清离不开这个家，这个家也离不开水清。就在哥哥撒手人寰的那一刻，富生已经感觉到了，这个家全部压在了自己肩膀上。一个肩膀挑着妈妈，另一个肩膀挑着水清，他要替哥哥把一切事情都承担起来。他现在已经不是他自己一个人了，他是两个男人的组合。这些日子里，他觉得自己一下子变得成熟起来，他不仅想自己和水清的事情，想家里以后的事情，甚至想到了更长远的事情。想来想去，就是不能让哥哥失望，也不能让水清失望，更不能让母亲失望。刚才钻进水清被窝的时候，他对自己说，这一辈子好好爱这个女人。

水清的脚丫子突然动了一下，富生的心也随之动了起来。他感觉口干舌燥，浑身的血液也在膨胀。可他不能让自己膨胀起来。他克制着身体里那个蠢蠢欲动的东西，尽量让自己平静下来。他咽了一口唾沫，努力想着死去的哥哥。想着想着，情绪慢慢平和了，想着想着瞌睡就来了。

夜越来越深了，月光越来越亮了。迷迷糊糊之中，富生看见了一条河。这条河好像就是哗哗流淌的石羊河。河水在阳光下闪闪发光，他脱了鞋刚刚下到河水里，一丝不挂的水清鱼一样跃出了水面。水清白花花的身体刺得他睁不开眼睛，馒头似的乳房就像两个白色的灯笼挂在胸脯上。水清笑眯眯地递给他一块毛巾让他搓背，他接过毛巾正准备给水清搓背，忽然水清紧紧抱住了自己，他觉得浑身的血液像火一样在燃烧，自己像条光滑的鱼一样使劲往水清的身体里面游，游着游着就在水清的身体里面暴烈了。暴烈的那一瞬间，富生一下子惊醒了，他猛的坐起来，惊慌地打量着四周。

咋了富生？

听见水清的声音，富生把头扭向了门口。

水清坐起来又问了一句，富生，你咋了？

富生说，天就要亮了。

3

干燥的荒原像是无边无际的海绵，无论有多少雨水都能吸收消化。昨天铺天盖地的大雨，第二天居然荡然无存了。残留在草叶上的雨水被太阳照得闪闪发亮，荒原上的野草明显又绿了一层。漫长的一天里，富生几乎没有跟水清说几句话，甚至不敢正视水清那双干净的眼睛。中午吃饭的时候，水清递给他一个馒疙瘩，当他接馒疙瘩时，无意中碰到了水清的手，他触电似的一下把手收了回来。

水清奇怪地问道，富生，你咋了？

富生尴尬地笑了笑，从水清手里接过了馒疙瘩。水清盯着他又问一句，富生，是不是昨天下雨着了凉，你哪里不舒服？

富生说，我挺好的。

我不信。水清一边说，一边伸手在富生额头上摸了摸，奇怪，头也不热呀，那你天不亮咋就坐了起来？

富生想了想说，尿把我憋醒了。

水清笑了笑，幸亏你醒了，要不然还把我冲走了呢。

富生看了一眼水清，水清的脸像擦了胭脂一样好看。他猛然想起了昨天晚上那个梦，仿佛又看见了水清胸脯上的那两个诱人的白灯笼。想起那两个白灯笼，富生的心跳就加快了，脸上也像火烧一样滚烫。他看了一眼水清，正好水清也在看着自己。富生没话找话说了一句，吃饱了没有？

水清说，吃饱了。富生，你可不能有什么病，哪里不舒服就告诉我。

富生拍拍胸脯说，放心吧，我比牛还结实。

水清说，你结结实实的，家里也就结实了。

富生没有说话，心里面也热乎乎的。他不敢再看水清，害怕眼泪流出来让水清笑话。他不再说话，水清也没有再说话。两个人默默地跟着骆驼向前走去。

长长的骆驼队在荒原上走了整整一天，太阳掉到山顶的时候，骆驼队在山谷里准备宿营了。山谷里光线暗淡，怪石嶙峋，幽深莫测。从昆仑山口贯下来的冷风，顺着山谷流淌，山谷里的帐篷被风刮得东倒西歪哗啦啦响了一个晚上。第二天一早，启明星还在山尖闪亮的时候，骆驼队就像一条蟒蛇似的朝着山谷外滑去。山谷里的风丝毫没有减弱，抽打得山石怪声怪气地喊叫，刺耳的叫声一直把天空叫亮。

山谷外的荒原上没有任何多余的东西，平展展一直铺向遥远的地方。骆驼队在平展的荒原上行走了两天，荒原依然还是那么遥远。

晚上休息时，马有财说，晚上让骆驼们好好吃一些草，明天骆驼们只能靠吃咸盐充饥了。富生问为什么。马有财说这个地方就是大名鼎鼎的察尔汗。察尔汗是一句蒙古话，就是盐的意思。这个地方天上不飞鸟，地上不长草，全是跟石头一样坚硬的盐盖。这种地面骆驼最害怕，也最破坏骆驼的蹄子。

富生没有来过察尔汗，也没有见过石头一样坚硬的盐盖。他想象不出天上不飞鸟，地上不长草是一个什么样的地方。晚上躺在帐篷里，望着帐篷外面的月亮，他觉得察尔汗这个地方大概和月亮上面差不多。可是，月亮上面不长草，还有一只可爱的小兔子，看来这地方比月亮上面还荒凉。他觉得察尔汗这个地方有一些神秘，他甚至有一点迫不及待的感觉。这种神秘的感觉，在第二天就让他吃尽了苦头。

正如马有财说的那样，盐盖就像无边无际的大石板。光秃秃的石板上没有任何多余的东西。蓝汪汪的天空上飘浮的白云，更使天地间变得空空荡荡。

开始的时候倒也罢了，虽然行走在疙疙瘩瘩的盐盖上感觉有些吃力，但也马马虎虎能对付过去。可是，才走了半天的路程，水清的鞋底就磨通了。看着走路一瘸一拐的水清，富生问水清，你的脚咋了？

水清抬抬脚说，鞋底磨通了。

富生说，你就这么一双鞋？

水清摇摇头说，从老家来的时候就穿了脚上这双鞋。

富生说，你把鞋脱了。

水清就坐在盐盖上开始脱鞋。就在水清脱鞋时，富生看见水清的袜子上面已经有了一片血迹。富生说，水清，你的脚已经磨烂了。

水清说，没事。

啥没有事？富生把水清的袜子脱下来，发现脚掌一片鲜红。富生从衬衣上扯下一条布，仔细地给水清把脚包裹好。

水清说，你的衬衣已经成背心了。

富生又扯下一条，把水清另外一只脚包裹好，然后，又找出两块牦牛皮垫到水清的鞋里。水清穿上袜子试了试，立刻觉得舒服了许多。水清的问题暂时解决了，没一会儿富生的鞋底也磨通了。水清从包袱里拿出一双新布鞋让富生换上，富生奇怪地问道，哪里来的新鞋？

水清说，来的时候我带了两双鞋，你哥走的时候穿了一双，还剩下一双。

富生说，路途长着呢，没有办法的时候再说。

水清想了想又把新鞋装进了包袱里。富生用皮子捆绑好破鞋准备前进时，水清突然喊了起来，富生，你看骆驼的蹄子流血了。

富生走过去抬起骆驼蹄子看了看，骆驼肉墩墩的蹄子上已经磨破了一块。富生急忙将十峰骆驼的蹄子检查了一遍，发现其中有两峰骆驼的蹄子磨破了。富生不知道该怎么办，就跑去问马有财。谁知马有财正蹲在地上用针线给骆驼缝着蹄子。

富生惊讶地问道，马叔，你这是干啥？

马有财说，用针线把伤口缝上，然后再给骆驼穿皮鞋。

富生丈二和尚摸不着头脑，傻乎乎地看着马有财发呆。马有财说，给骆驼蹄子包裹皮子，要不然蹄子磨通了，骆驼就没用了。

富生说，我的骆驼也有磨破蹄子的。

马有财把一个帆布包扔给富生说，这里面有针线，拿去给骆驼把伤口缝上。

富生回来把马有财的话告诉了水清。水清利索地把针线穿好递给富生说，我扶着骆驼蹄子，你来缝。

富生犹豫了一下说，你来缝吧，我下不了手。

水清接过针线说，你扶好蹄子。

富生抬起骆驼的一只蹄子，水清咬着牙开始给骆驼缝伤口。骆驼蹄子中间裂开一道血淋淋的口子，透过血淋淋的口子可以看见蹄子深处的红肉。比火柴棍细一些的大针从口子这边穿过来又穿到口子那边。疼痛的骆驼使劲抽动着小腿，富生死死抱着骆驼小腿不松手。缝完了这一峰骆驼，又缝那一峰骆驼，两峰骆驼的蹄子缝好后，水清一屁股坐在盐盖上直喘粗气。

富生用手擦了一下额头上的汗水说，你比我强。

水清伸出手说，你摸我的手。

富生摸了摸水清的手，水清的手冰凉冰凉，一点血色也没有。

富生说，我下不了手。

水清说，骆驼太可怜了。

富生说，别说骆驼了，咱们的脚丫子不也磨破了吗？

水清站起身说，骆驼蹄子受不了坚硬的路面。

富生找出来几块皮子，把受伤的骆驼蹄子包裹好，又仔仔细细检查了一遍金毛的蹄子。富生放下金毛的蹄子说，咱家的金毛还是健壮，蹄子基本没有啥毛病。

水清说，你咋不说，咱们经常给他开小灶，宁愿自己少吃几口，也不能亏待它。

富生说，金毛和银毛就是咱们家里的人。要不是舍不下它们，我哥也不会把自己的命搭进去。

水清没有说话，跟在富生后面默默地向前走着。

炙热的阳光烘烤着盐盖，就像在蒸笼里行走一样。即便把衣服裹在脑袋上，强烈的紫外线依然能刺穿衣服，蛰得脸上火烧火燎般疼痛。从来不知道疲倦的野风，也不知道跑到什么地方撒野去了。火辣辣的阳光下，犬牙交错的盐盖像水波一样铺到看不见的尽头。水清从包裹在脑袋上的衣服缝隙里看了一眼身后的骆驼，骆驼们一个跟着一个，无精打采地迈着软塌塌的蹄子。前面依然是无遮无拦的开阔，脚下还是走不完的盐盖。硬邦邦的盐盖犹如一面巨大的镜子，反射上来的热气无孔不入，火辣辣的太阳几乎把身体里的每一滴水分都抽干散尽了。水清从金毛背上拿下水壶，正准备喝水时，没想到金毛把嘴巴凑了过来。水清摇了摇水壶，把最后一点水倒进了金毛的嘴里。

刺眼的阳光慢慢变得柔和起来，天色渐晚的时候，骆驼队终于在两天之后走出了要命的盐湖。眼前是一条哗哗流淌的彩色河流。河边植物茂盛，让人立刻凉爽了许多。大家给疲惫的骆驼卸下驮子之后，骆驼们便拥向了那一片绿油油的植物。远处的昆仑山连绵起伏，高高的山顶一直伸进彩云之中。骆驼队在夕阳里扎好了帐篷之后，富生问唐排长，这是啥地方？

唐排长说，格尔木。这是一句蒙古语，意思是河流密集的地方。

富生直起身子望去，夕阳下到处是绯红的河水。河的前面还有河，闪闪发光的河水一片连着一片。收拾利索后，富生在帐篷外面叫水清去河里洗脸。

躲在帐篷里的水清说，等一会儿吧，现在我咋去？

富生说，现在咋了？

水清说，你自己看。

富生向河边望去，赤身裸体的驼工们像天鹅一样在河水里嬉戏，富生笑了笑走回帐篷说，那你等一会儿去洗一洗。

马有财说，富生，你咋不去河里洗一洗？

富生说，我不会水。

水清说，不会水害怕啥，在河边洗一洗多舒服。

富生想了想走了出去。

其他人都到河里痛快去了，帐篷里面就剩下马有财和水清两个人。马有财点着烟锅说，拉骆驼的人苦大啊，一年四季行走在没有人烟的荒凉地方，夏天一身风雨，冬天一身风雪，白天吃不上一顿热乎饭，晚上睡不上一个热乎觉。头发比骆驼尾巴长，身上的虱子比天上的星星多，就跟昆仑山里的野人差不多。

水清睁大眼睛问道，马叔，昆仑山里面有野人？

马有财说，听人家说过，没有见过。不过，昆仑山里有土匪是真的，我们在唐古拉山口就碰见过。

水清说，什么时候青藏公路修通就好了，就不用再遭这份罪了。

马有财说，就是难为你这丫头了。拉骆驼的队伍里从来没有女人，就是有女人也没有好下场。年轻的时候，我和一个叫二牛的小伙子给东家拉骆驼。二牛比我大一岁，他和东家的丫鬟小红悄悄好上了。有一次去阿拉善右旗的时候，他们两人商量好，准备到了阿拉善右旗就私奔。上路的那天早晨，天还没有大亮，小红女扮男装跟着骆驼队上路了。谁知道刚进入巴丹吉林沙漠就遭遇了沙尘暴。昏天黑地的沙尘暴整整刮了三天三夜，我们在骆驼身下趴了三天三夜。等到沙尘暴停了之后，发现二牛和小红不见了。大家分析，可能沙尘暴把小红吹走了，二牛去找小红，结果两个人都被沙尘暴掩埋了……

水清听着听着，脑子里便有了铺天盖地的沙尘暴，还有沙尘暴中小红的影子。小红软弱的身子，在沙尘中就变成了一粒沙尘融入到了沙暴之中……

马有财把烟锅在地上磕了两下，扭头看了一眼水清。谁知疲惫的水清已经靠在帐篷上睡着了。

马有财叹了口气，起身走出了帐篷。

第二天是个好天，骆驼队要在草肥水美的河边休整两天。中午吃了一顿汤汤水水的疙瘩汤，大家的情绪也好了起来，舒舒服服钻到帐篷里睡觉去了。富生也打算回帐篷去睡觉，一转脸发现水清一个人在河边洗锅，便直接去了河边。

听见身后的脚步声，水清头也不回问道，暖暖和和的，你咋不去睡觉？

富生站在水清身后说，不瞌睡。

水清把锅里的水泼进河里，站起身子看着富生说，你要不瞌睡，干脆陪我出去走一走。

富生说，这地方有啥意思。

水清说，天气这么好，我想找个僻静的地方洗一洗，身上脏得看不成，你帮我照看一下人。

富生点点头说，好吧。

水清把锅送回帐篷，拿了一条毛巾就跟着富生顺着河边朝前走去。走到一个杂草丛生的河湾处，富生停住脚步说，这里草高水缓，没人看得见。

水清看了看四周说，那我去了。

富生说，去吧，我在这里看着。

水清踩着乱七八糟的草甸朝河边走去。还没有走出几步，水清就陷进了一个草甸里面。水清使劲抬了抬脚，两只脚动都不能动，身体好像也开始往下沉，吓得水清大声喊叫起来，富生，富生……

富生紧走了几步，跳到水清前面的一个草甸上面，急忙伸出两只手去拉水清。可是，草甸里的泥水已经漫过了水清的小腿。任凭富生怎么用力，水清还是纹丝不动。

水清挥舞着胳膊说，富生，好像越陷越深了。

富生说，你不要动，让我想一想咋办。

水清一动不动看着富生，忽然富生两手拦腰抱住水清，拔萝卜似的使劲往上拽着水清。水清的脸紧贴着富生的脸，胸脯也紧贴着胸脯。水清觉得有一股热气从脸上一直流淌到了身体里，这股热气火一样几乎把自己融化了。尽管富生结实的胸脯快要把自己挤扁了，可她感到一种从未有过的幸福和美好。她看见白云在头顶上慢慢散开了，自己也像白云一样快散开了。她觉得身体软绵绵的像一堆稀泥，几乎要瘫软在了富生的怀里面。她希望富生就这么紧紧抱着自己，紧紧地一直不要松手。就在她陶醉得几乎要昏迷的时候，富生牛吼般的一声叫喊中，她像个萝卜一样被拔出了泥潭。气喘吁吁的富生紧紧搂着她，脸上的汗珠像雨水一样往下流。水清擦了擦富生脸上的汗水，然后把头深深埋进了富生的胸脯里。不知过了多长时间，她听见富生在耳边轻轻叫她，那个声音仿佛从遥远的天边传来，水清，水清……

她抬起头看着富生，富生松开双手说，吓死我了。这是一片沼泽地。

水清理了理前额上的头发，我以为我要死了呢。

富生一把捂住她的嘴巴，胡说个啥呢，以后不许说这个倒霉字。有我在，你啥也不用害怕。

水清眼睛里闪着异样的光说，我感觉到了，你就像一座山。

富生飞快地在水清脸上亲了一口说，快找个地方洗一洗，你跟个泥猴差不多了。

水清摸了摸自己泥猴一样的脸笑了。

绕过河湾是一片鹅卵石的河滩。富生说，这里僻静得很，不会有人来，也不会有泥潭，你慢慢洗着，我回去给你拿棉大衣。

水清说，包袱里面有我的裤子。

知道。富生说着头也没回就走了。

河水很平静，水温也合适。水清不紧不慢脱了裤子，两条白花花的腿像河水一样耀眼。河对岸一蓬黑刺上两只鸟儿，鸣叫着扑棱棱飞上了天空。虽然天气暖洋洋的，可是，河水依然有些冰冷。清亮的河水里，几条泥鳅甩了甩身体就没有了踪影。水清洗干净了两条腿就上了岸。她不敢脱衣服洗身子，尽管她渴望洗一洗身子，可她害怕着凉感冒，她知道感冒意味着什么。她蹲在热乎乎的鹅卵石上，愉快地在河水里洗着脏兮兮的裤子。裤子很快就洗好了，她回头向后望去，一道艳丽的彩虹从天边这头拉到天边那头，仿佛富生正从半圆的彩虹门里走了过来……

红彤彤的太阳一大早就从昆仑山顶上升了起来。骆驼队在满天朝霞里浩浩荡荡趟过了格尔木河。正如"格尔木"这句蒙古语一样，这里到处是小溪小河。骆驼队走了整整一个上午，才摆脱了河流密布的荒原，进入了一片望不到边际的黑刺林。

郁郁葱葱的黑刺枝上挂满了一串串亮晶晶的小红果，明亮的阳光下小红果就像红玛瑙一样灿烂。一路饥渴的骆驼们不顾一切低着脑袋边吃边走，驼工们也故意放慢脚步，给骆驼们多留一些吃食的时间。

无边无际的黑刺林里闷热闷热，蚊子像小红果一样无处不在。大家把衣服包裹在脑袋上，可是，无孔不入的蚊子还是把大家叮咬得满脸疙瘩。就在大家被蚊子折磨得苦不堪言的时候，冷不防从黑刺林里窜出一只棕熊，惊得骆驼们四下逃窜，黑刺林里像放鞭炮一样噼里啪啦响成一片。惊恐中的富生一把将水清拉到身后，没想到金毛猛然朝前走了两步，用身体挡在了他俩的前面。就在大家惊慌失措的时候，棕熊已经扑向了金毛前面的一峰骆驼。受惊的骆驼疯狂地在黑刺林里横冲直撞，气急败坏的棕熊转身朝着一个驼工扑去。大家紧张得快要崩溃的瞬间，突然一声枪响，棕熊直立起来的身体晃了几下倒在了黑刺林里。

唐排长举着枪从黑刺林里闪出身子喊道，没事了，没事了，大家赶快找回骆驼准备出发。

惊魂未定的驼工们缓了一口气，胆战心惊地开始在黑刺林里寻找自己的骆驼和散落的驮子。看着自始至终没有离开他们的金毛，水清感动得把脑袋轻轻靠在了金毛的脖子上。

富生收拾好骆驼回来之后，水清激动地说，富生，你说那么危险的情况下，金毛咋就知道保护咱俩呢。

富生说，金毛就是不会说话，它心里啥都明白。

水清说，光听人家说过，狗救主人的故事，没想到骆驼也会救主人。

富生说，难怪我哥死活要把它们赎回来呢，换上谁也舍不下它们。

水清拍了一下金毛，听见没有金毛，走完这一趟咱们一块回家。

金毛脖子上的铃铛又叮叮咚咚响了起来。

走出密密麻麻的黑刺林，太阳已经开始西沉。骆驼队在一片水草茂盛的洼地里宿营了。劫后余生的驼工们扎好帐篷之后，坐在草地上谈论着惊悚的黑刺林，谈论着神枪手唐排长。马有财一边往烟锅里装着烟叶一边说，唐排长是个扛枪的材料，枪打得跟喝水一样麻利。你们今天都看见了，啥叫吃粮打仗的人。吃粮当兵就得有一身真本事，天塌下来心不慌，脚不乱，该出手时就出手。

唐排长笑了笑说，要是没有这个本事，早就在战场上死过几回了。

马有财点着烟锅说，像你这样的神枪手，我一辈子就见过两个。一个是你，一个是马连长。

唐排长疑惑地问马有财，马连长是谁？

马有财说，有一年，我们给马步芳的部队送粮食，押送骆驼队的就是马连长。我们快走到都兰时，在一个山沟里碰上了野牦牛。有一头公牦牛风一样朝我们冲了过来。大家扔下骆驼撒腿就跑，还没有跑出几步，就看见马连长朝着牦牛开了一枪。野牦牛一头杵在地上不动了。其它的牦牛调转沟子跑进了山沟里。大家好奇地走过去一看，马连长这家伙那一枪正打在了牦牛的脑门上。哎呀，真是好枪法哩。

唐排长皱着眉头问马有财，老马，你是不是跟马步芳有什么亲戚关系？

马有财笑了笑，唐排长真会说笑话，我姓马就跟马步芳有关系？你想一想，我要是跟马步芳有亲戚关系，还用得着吃苦遭罪，风里来雨里去地拉着骆驼满世界跑？

唐排长说，那你怎么老是长敌人的威风？马步芳是罪大恶极的国民党反动派，他手下的马连长能是什么好东西？他们这些狗东西，双手沾满了劳动人民的鲜血。

马有财说，我是个拉骆驼的，他们的事情我咋知道。

唐排长说，现在是新社会，拉骆驼的也要提高思想觉悟，提高阶级斗争的觉悟。动不动就说些落后话，说明你的思想很成问题勒。老马，你是骆驼队里的重要人物，以后这样的话少说，这样的故事也少讲。

马有财张了张嘴，把想说的话咽进了肚里。

唐排长说，老马，想说啥就说出来，咱们可以讨论。正好，时间还早，我给大家上一堂政治课。

马有财看了唐排长一眼，默默站起身子，在鞋底磕了几下烟锅，背着手朝荒野走去。

唐排长生气地问道，老马，你到哪去？

马有财说，尿尿去。

唐排长骂了一句，懒驴上磨屎尿多。

马有财没有搭理唐排长，一直沿着草滩向前走去。走了没有几步，就看见富生和水清坐在草滩上说话。他犹豫了一下，转身朝帐篷走去。

卸了驮子的骆驼们悠闲地在洼地里吃草。这个季节，正是骆驼脱毛的季节，野草上、小河边，随处可见散落的骆驼毛。富生洗完脸，把散落的骆驼毛收拾起来，找了一个空地坐下，笨手笨脚的把骆驼毛一点一点塞进水清空荡荡的大衣袖子里。就在他往大衣袖子里填充骆驼毛的时候，水清不声不响地走到了他的身后。看着富生填充骆驼毛的样子，水清心里涌上一股暖流。她也说不清楚是咋回事，无法控制的情绪让她泪如雨下。一滴滴的眼泪小雨点似的落在了富生的脑袋上。富生抬起头看了看天空，天空上一朵朵红云开得像牡丹花。他又扭头往后看了一眼，发现水清脸上挂满了泪水。富生吃惊地站起来问道，你咋了水清？

水清摇了摇头没有说话。

富生又问，到底咋了。

水清突然破涕为笑，我也不知道咋了。

富生松了一口气说，吓我一跳，我还当出了啥事情呢。

水清说，能有啥事情。

富生以为水清又想起了哥哥心里难受，于是便劝水清说，过去的事情就过去了，老放在心里煎熬人呢。

水清说，你知道啥，女人的心思只有女人自己知道。

富生又问，那你咋了，好端端的哭啥？

水清说，眼泪是我的，想流就流。

富生说，神经病。

水清心疼地打了富生一下说道，傻子，你才有神经病。

富生说，那你哭啥，是不是受不下这个苦了？走完这一次咱回家，就是给一座金山也不干了。

水清说，我才不怕吃苦呢，跟着你上刀山下火海我也高兴。

富生张了张嘴，就看见水清眼光变得迷离起来。他把棉大衣递给水清说，袖子里面填的都是骆驼毛，比棉花暖和多了。一会儿你自己缝上就行了。以后用了棉花就告诉我，我给你往大衣里面填骆驼毛。我捡了不少驼毛，都装到包包里了。

水清点了点头，一把拉住了富生的手。富生看了水清一眼，就觉得血往脑门子上涌。他使劲捏了捏水清的手，一转身离开了水清。望着富生的背影，水清觉得怀里面抱的不是一件棉大衣，而是一个暖烘烘的小火炉。

西边的太阳还没有完全落下去，东边的月亮就升上了天空。天空上一个红太阳，一个白月亮，就像两只不同颜色的大眼睛看着暮色朦胧的荒原。帐篷前的篝火旁边，唐排长一边吃着馕疙瘩一边说，唉，要是能吃上一顿大米饭就好喽。

铁锤眯着眼睛问唐排长，大米饭就那么好吃？

当然。唐排长说，大米饭红烧肉能把人香死。你没有听人家说，我们四川人三天不吃大米饭腰杆子疼。

铁锤说，我还没有见过大米长得啥样子呢。马叔，你吃过大米饭没有？

马有财说，老鼠屎见过吧？

铁锤说，老鼠屎谁没有见过。

马有财说，大米跟老鼠屎差不多，就是颜色不一样。一个是黑色，一个是白色。

胡说八道。唐排长说，大米白白亮亮像小珍珠一样，老鼠屎黑不溜秋的，怎么跟大米差不多。

马有财说，我吃过大米饭，一点也不经饿。吃一肚子大米饭，走不出五里路肚子就饿得咕咕叫。

唐排长说，北方人不习惯，我们南方人觉得大米饭好吃又经饿。

马有财说，要么怎么说一方水土养一方人呢。

铁锤说，让你们说得我肚子又饿了。

唐排长站起身子说，不说了，回去睡觉。

月光把帐篷里照得清清亮亮。听着抑扬顿挫的呼噜声，水清脑子里一直在想着大米的事情。水清没有吃过大米，甚至没有见过大米。不过，她觉得唐排长说得不会错，珍珠一样的东西肯定好吃。她心里默默琢磨着，等这一次完成任务之后，她和富生在县城的饭馆里好好吃一顿大米饭，亲口尝一尝大米饭好吃不好吃。想着香喷喷的大米饭，肚子突然咕咕咕叫了起来，腮帮子两边也酸溜溜的。水清咽了一口唾沫，一翻身把脸扭向里面。

月光像水一样在帐篷里流淌，富生有棱有角的脸就像石头雕刻的一样。看着酣睡的富生，水清心里就像刮过一阵春风。她无论如何也不会想到，这个和自己同岁的男人就要和自己一个锅里搅勺子了。她怎么也想不通老天爷是咋安排的，这个安排实在出乎她的意料。她给村里的一个姑娘介绍过富生，只是还没有说好见面的时间，富生就阴差阳错的成了自己的男人。富生长得比富顺好看，脑袋瓜比富顺灵活。以前她从来没有想过富生的这些事情，可现在不想都不行了，富生已经成了自己的另一半。其实，她心里一直都不讨厌这个小叔子，只是事情来得太突然，让她一下子转不过来这个弯。静下心仔细想一想，也没有啥奇怪的。哥哥没有了，弟弟和嫂子一块过，也是顺理成章的事情。何况，还没有和富顺入洞房，自己还是一个黄花闺女。她们村子里就有这样的事情，那个弟弟比嫂子小好几岁，哥哥病死之后，还留下几个孩子。第二年，嫂子又给他生了一个孩子。虽然人多粮少日子不好过，可也热热闹闹的红火。这么想想，水清觉得心里坦然了。本来就是这么回事嘛，自己的日子自己过，谁愿意说啥就说啥去。只要她和富生亲亲热热，把妈妈照顾好，一家人过好日子才是正经事。可是，想到富生妈，她的心又紧了一下。她不知道回去以后，如何面对老人家。事情已经发生了，不想面对也得面对。好在老人家是个明事理的人，时间长了她会慢慢好起来的。只是，猛扎扎知道了这个消息，她无论如何很难接受。换上谁也一样，走时活蹦乱跳的儿子，回来连尸骨都没有带回来。她的心都要疼碎了。唉，水清长长叹了一口气闭上了眼睛。

……雪花蝴蝶一样在天空飞舞，院子里铺满了厚厚的白雪。突然，一只黑老鸹从雪花里钻了出来，不偏不斜落在了新房的屋顶上。水清一边叫喊一边把手里的笤帚扔了过去。黑老鸹不但没有飞走，反而越变越大，变得跟牛一样大。眼看着新房子噼里啪啦垮塌下来，水清大叫一声醒了。帐篷里鼾声依旧，帐篷外已经有了亮色。

第七章　仇恨的子弹

1

在格尔木的那天晚上，群狼就盯上了疲惫的骆驼队。驼队离开那片水草茂盛的洼地之后，它们就一直尾随着骆驼队悄悄潜行。

骆驼队沿着格尔木河逆流而上。涛声响亮的河水从唐古拉山谷奔腾而出，一直顺着山谷流向格尔木。河水清清亮亮，哗哗流淌的声响在空旷的山谷里，就像从天外飘来的妙音。奇妙的天籁之音陪伴着骆驼队走了几天之后，在一座庞大的雪山脚下和骆驼队分道扬镳了。也就是从这个晚上开始，极有耐心的狼群达到了目的。

这天晚上，群狼的嚎叫代替了天籁之音。

坐在帐篷里抽烟的马有财说，从明天开始，骆驼的麻烦来了。

富生问，为啥？

马有财扳着手指头一边算一边说，从纳赤台开始，石头房、昆仑山口、不冻泉、五道梁、杂查玛、沱沱河、雁石坪，一直到唐古拉山这一路，越走海拔越高，越走气候越恶劣，骆驼的死亡率越高。你没有听见，狼群已经等得不耐烦了。还有那些脑袋上没有毛的秃鹰，也在等着倒下去的骆驼。你家银毛倒下去的时候，眼睛珠子都被秃鹰啄了出来。你哥实在看不下去，跟疯了一样，夺了唐排长的枪去打秃鹰。唉，那个场面想起来就心碎。

看着一脸沧桑的马有财，富生忽然想起镇上那个说书的人。那个说书人戴着一副黑色眼镜，关键时刻最喜欢说，江湖险恶，月黑风高这句话。后来，听说那个说书人喝多了酒，冻死在了一个月黑风高的大雪天里。

晚上睡觉的时候，狼嗥声此起彼伏。水清一个人不敢去解手，富生就陪着水清出了帐篷。帐篷外面月光皎洁，月光下起伏的雪山清晰可见。水清走到一块石头后面刚蹲下了身子，就看见对面山梁上一排绿油油的小灯在晃动。水清立刻感觉脊梁骨冷飕飕的，她紧张地提起裤子站起来说，富生，山梁上有狼。

富生知道水清害怕，就往水清跟前靠了靠说，它们怕人，不敢过来。

水清又脱了裤子蹲下身子。大概神经太紧张，水清怎么也尿不出来。她又一次提起裤子说，算了吧，尿不出来。

富生说，你别害怕，我等着你。

水清犹豫地又蹲下了身子，不一会儿，就听见唰啦啦的尿尿声。富生无意间瞥了一眼石头后面的水清，石头后面白花花的屁股像个琵琶一样泛着白光。富生感觉身体里突然骚动了一下，他急忙把头扭向了一边。清冷的月光下，雪山依旧白雪皑皑，天空上的星星一个挨着一个还是那么稠密。

水清刚刚提上裤子，苍凉的狼嗥声像子弹一样射了过来，吓得水清一头扑进了富生的怀里。富生伸开双臂把水清紧紧搂在胸前。水清像只受惊吓的兔子，不停地在他怀里微微颤抖。他轻轻抚摸着水清的脊背，水清富有弹性的脊背让他热血沸腾。他不想松手也不愿意松手，就那么享受着火一般的温暖。虽然狼还在嗥叫，靠在富生胸膛上的水清一点也不害怕了，她觉得富生的胸膛像山一样坚实。也不知道过了多长时间，水清抬起头看着富生说，回去吧。

富生用力搂了搂水清，恋恋不舍地松开了胳膊。浓浓的月色里，俩人轻手轻脚钻进了帐篷。

第二天出发的时候，天空变得阴沉起来。马有财的十峰骆驼有两峰站不起来了。马有财把骆驼身上的驮子卸下来，使劲拍打着骆驼，两峰骆驼还是站不起来。马有财抬起骆驼的蹄子看了看，肉墩墩的蹄子已经露出了白森森的骨头。马有财一屁股坐在地上难过地说，唉，可怜的骆驼啊，可怜的骆驼啊……

出发的哨子在空中响了起来。骆驼开始了周而复始的行程。唐排长见马有财坐在地上没有动静，走过来拍拍马有财的肩膀说，老马，别耽误了骆驼队的路程。

马有财抹了一把眼窝，仰面朝天骂了一句，老天爷你没有长眼睛啊。

看着伤心的马有财，富生心里也不好受。不过，他万幸自己的十峰骆驼，除了死在山梁上那一峰骆驼外，其它骆驼目前还安然无恙。骆驼队出发没有多长时间，急不可待的狼群就扑向了马有财那两峰骆驼。骆驼凄凄惨惨的叫声刀一样割着每一位驼工的心。大家没有一个人停下来，没有一个人敢回头望一眼。

看着气焰嚣张的狼群，忍无可忍的唐排长取下枪，瞄准肆无忌惮的狼群射出了一发仇恨的子弹……

整整一个上午，驼工们的心情和天空一样没有一点亮色。就连默默无语的骆驼，眼睛里面也是泪水汪汪。抑郁的气氛还在心里面徘徊，富生也有一峰骆驼倒在了路边。富生看了看几乎磨透的蹄子，他知道老天爷也没有办法了。他放下骆驼蹄子，和水清一块把骆驼身上的货物卸下来，搭载给了一峰强壮一点的骆驼身上。谁知，骆驼刚站起来就被压得趴在了地上。富生又把面粉卸下来，重新让骆驼站了起来。

咋办？望着路边的粮食水清问。

富生说，只能扔在路边了，放在哪峰骆驼身上，哪峰骆驼就得趴下。

收拾利索准备上路的时候，那只无奈的骆驼声嘶力竭地叫了一声，水清看了一眼可怜兮兮的骆驼，她的心猛然一抽，忍不住抽泣了几声。

走吧。富生拉了一下水清。

水清擦了擦眼睛，跟着富生朝前走去。

晚上宿营之后，马有财一句话也不说，就坐在那里抽烟。

一缕缕青烟在他头顶上升腾飘散，让人想起缭绕在村子上空的炊烟。

马叔，吃口干粮吧。水清把一块馍疙瘩递给马有财说，都饿了一天了。

马有财摇摇头说，没有心思吃。

唐排长也劝说道，老马，多少吃一点，烟又不能当饭吃。

马有财把烟锅在地上磕了两下叹了一口气，唉，活个人不容易，活个牲畜就更不容易。老人们说，老实人死了，转世就变成了老实的牲畜，什么牛啊，羊啊，骆驼啊，不管咋轮回也变不成虎豹豺狼。险恶的人死了，转世就变成了虎豹豺狼。这个世道不公平啊。路上死去的骆驼，前世一定都是些老实人。

唐排长说，哎哎哎，老马，又搞啥子名堂。你咋说着说着就跟封建迷信搅和到了一起。世界上哪有什么地狱天堂，都是剥削阶级欺骗人的鬼话。

马有财看了看唐排长，你不相信？

唐排长说，我不相信。我们共产党人是无神论者。世界上从来没有什么神神鬼鬼，都是人在捣鬼。

马有财说，那我告诉你，世界上真的有神灵。

唐排长不屑地笑了笑，有神灵，有个锤子。

马有财说，有一年冬天，我们家来了一个讨要水喝的道士。

我爹给了水还给了些干粮。那个道士喝完水看着我爹说，穷日子穷过，千万不可贪心占便宜。我爹问那个道士啥意思，道士说，别人可以，你不可以。你要如此，结果是引来了狼，送走了人。我爹让那个道士指点迷津，道士摇摇头说，天机不可泄露。道士的话谁也没有当真，时间一长就忘了。第二年春天，我爹在集市上买回来一峰骆驼。我妈说他胡乱花钱，我爹说骆驼肚子里面还有一个小骆驼，等于花了小钱买了大便宜。后来果真生了一个小骆驼，我爹高兴得合不拢嘴。有一天家里没有人，我五岁的弟弟跟小骆驼在院子里玩。谁也不会想到，那个小骆驼活活把我兄弟咬死了。这个时候，我爹才想起了那个道士的话，后悔得把腔子砸得嘭嘭响。原来那个小骆驼是豺狼转世，我兄弟是绵羊转世。

唐排长说，胡说八道。

马有财说，啥胡说八道，那年我八岁，记得清清楚楚。

唐排长说，你既然相信，我问你，你是啥子转世的？

马有财说，我肯定不是豺狼虎豹转的，说不定也是骆驼转世呢。

唐排长笑了笑，照你这么说，人真能转世，那我就是红军转世喽。

马有财问，红军又是啥转的？

唐排长张了张嘴，半天没有说出来。

马有财撇撇嘴，一歪身子躺在了羊皮上。

唐排长突然拍拍脑门说道，我想起来了，红军是马克思转世托生的。

马有财又坐起身子问，红军原来是我们姓马的人转世？

放屁。唐排长说，人家马克思是外国人，你们姓马的算个啥子。

马有财哈哈一笑，外国人转世成了中国人，骆驼都不相信。

唐排长一下子变得严肃起来，他指着马有财说，老马，不是我说你，你的政治思想确实有问题。你知道马克思是什么人吗？他是全世界无产阶级的革命领袖。你满嘴巴里跑火车，早晚有一天要吃大亏。

马有财看了一眼唐排长，像一口袋粮食一样歪倒在了羊皮上。

帐篷里面忽然安静了。大家见气氛不好，纷纷像马有财一样，躺在羊皮上不声不响地闭上了眼睛。

没有倒下的骆驼继续朝前走，倒下的骆驼很快就变成了一具白骨。这样的白骨从纳赤台一直到唐古拉山，就像连绵不断的山峦随处可见，成了一道让人胆寒的风景，也成了驼工们心里一个永远的伤痛。

从纳赤台出发没走多久，富生脚上那双鞋终于烂得不能再
穿了。水清从包袱里掏出富生一直舍不得穿的新鞋，又把那双
绣着鸳鸯的鞋垫垫到新鞋里。富生把鞋垫抽出来说，这么漂亮
的鞋垫，走这样的路可惜了。

水清说，有啥可惜的，回去我再给你绣。

富生把鞋垫塞到水清怀里说，留着我回去穿。

水清笑了一下，把鞋垫放到包袱里，我和妈做了好几双新
鞋呢，回去以后，随你咋穿都行。

富生说，昨天晚上我梦见妈了，妈的头发跟昆仑山的雪一
样白。

水清说，我也梦见好几回，还梦见家里的新房也塌了。

富生说，不知道妈现在急成啥样子了。有时候想起妈，我
都不敢回家，不知道看见她咋说。

水清说，纸里包不住火，早早晚晚的事情。妈这一辈子见
过风雨，也能经受得住风雨。

富生叹了口气，拉着金毛开始翻越一道山梁。

正如马有财说得那样，在纳赤台感觉还没有特别难受，到

了石头房明显感觉胸闷气短，越往上走这种感觉就越发强烈。长长的骆驼队几乎整整翻了一天的山梁，刚刚进入平坦的草滩，猛烈的山风就把山顶上堆积的云团撕成了碎片，单薄的云彩纸片一样被刮得满天飞舞。飞着飞着就变成了一片片鹅毛大雪。骆驼队在漫天的雪花中没有停住脚步，一直朝着风雪深处前行。当天色暗下来的时候，骆驼队不得不停住了脚步，但大雪依然没有停住脚步。

2

长长的山谷和任何一个山谷一样，山峦峻峭起伏，山上覆盖着皑皑白雪。长驱直入的山风不紧不慢，跟着骆驼队一块前行。走在金毛旁边的水清大口喘着粗气，那个声音像拉风箱的声音。听着那个声音，水清就想起了母亲。母亲有哮喘病，一到天气寒冷的冬天，母亲的哮喘病就会经常发作。一旦发作起来，就跟拉风箱似的呼哧呼哧喘个不停。什么活也做不成，就坐在炕上喘粗气。母亲犯病的时候，里里外外的事情全都靠水清一个人打理。父亲在村里是个木匠，成天在外面给人家干活。三个姐姐都已嫁人，就剩下她自己跟个陀螺似的在家里转。大姐嫁到了金昌，丈夫比大姐大三岁，是村里的车把式，也是一个有名的酒鬼。手里有点钱就去喝酒，脾气就跟他手里的马鞭一样暴躁。大姐身上经常青一块紫一块，实在忍受不了就跑回家躲几天。每当看见伤痕累累的大姐，母亲便唉声叹气，责怪自己没有本事。如果家里有个男孩子，大姐也不会活得这么窝囊。伤心归伤心，过不了几天，大姐放心不下家里的孩子，又心急火燎地赶了回去。母亲说，女人的命比黄连苦，不如一峰骆驼。

二姐嫁得不远，离家有十里地，丈夫也是个拉骆驼的。姐夫对二姐不错，从来不打骂二姐。不过，丈夫出去喜欢沾花惹草，挣的几个辛苦钱都花在了野女人身上。虽然二姐不受气，可日子过得捉襟见肘，经常回家讨要粮食。母亲无奈地说，嫁汉嫁汉穿衣吃饭，穿不上衣吃不上饭不如不嫁。

只有三姐的日子过得安稳。丈夫比她小两岁，是父亲的徒弟。在外面规规矩矩听师傅的，回到家里老老实实听媳妇的。三姐心里痛快，虽然经常吃糠咽菜，但是啥时候脸上都挂着笑容。母亲舒心地说，山羊皮袄不分里外，日子过得暖暖和和。

水清还没有到谈婚论嫁的时候，父亲把她许给了富顺。家里人不看好这门亲事，尤其二姐反对。二姐说，有吃有喝才叫个日子，光是人好有啥用，既不当吃又不当喝，总不能封住嘴巴过日子吧。父亲说，男人说出去的话，就像扔出去的石头，风吹雨打都不会烂。既然答应了人家，早晚都是人家的媳妇。

开始的时候她也犹豫，可是，去了富顺家一次，她便不再犹豫。她觉得富顺兄弟俩一看就是实在人，富顺妈慈眉善目，一家人和和气气，她觉得这样的人家错不了。母亲也说，富顺一家是好人，地地道道过日子的人家。可是，人算不如天算，眼看就要和富顺成一家人了，富顺却埋在了莫河的东山坡上。好在老天爷没有把她逼到绝路上，开玩笑似的让兄弟俩换了个位置。现在她不敢有太多的奢望，她只有一个心愿，就是老天爷保佑他们顺顺当当回家，保佑他们安安静静过日子。

山谷里的风就那么吹啊吹，把太阳吹到了雪山后面。山谷里的风还是那么吹啊吹，又把太阳从雪山后面吹上了天空。骆驼队走出一个山谷又走进另一个山谷，翻下一道山梁又翻上另一道山梁。到达昆仑山口的时候，马有财走过来对富生说，富生，照看一下我的骆驼，我去看看二虎。

富生惊讶地问道，二虎在这里？

马有财指了指不远处一道山梁说，在山梁上。

富生说，我也去看看二虎。

马有财点点头说，去看一眼吧，二虎太冷清了。

富生给水清交代了一下，跟着马有财走了。爬到山梁上马有财停住了脚步，他指着三块石头的土堆说，二虎就在石头底下。

富生鼻子一酸说了一句，二虎，我是富生，来看你了。

马有财把一个馕疙瘩压在石头底下说，二虎呀，富顺不能来了，他在莫河的东山坡上呢。你跟富顺是好样的，大家心里都想你们。运输队的领导说，要给你们家里补偿抚恤金，还要通知民勤县表扬你们。二虎，你听见没有？

突然，石头底下窜起一股旋风，一瞬间就升上了天空。

二虎听见了。马有财说，咱们走吧。

富生说，二虎妈本来神经就有点问题，要是知道二虎没有了，他妈还不得疯了。

马有财叹口气，唉。

太阳滑到了雪山后面，骆驼队在霞光里宿营了。驼工们卸下骆驼身上的驮子，扎好帐篷便分头捡柴火捡牛粪去了。水清拿起水壶去了河边。火红的晚霞在河面上燃烧，河面美得像一幅画。水清蹲下身子，捧起一捧水洗了洗脸。她也记不清楚自己几天没有洗脸了，反正有好几天没有洗脸了。冰凉的河水让她感觉非常舒服。洗完了脸，给壶里灌满了水，水清提着水壶回到帐篷跟前，把水壶放在火堆的石头上面，挨着富生坐在火堆旁开始梳理头发。水清一边梳理头发一边对富生说，富生，你去洗一把脸吧。

219

富生用柴棍拨了拨火堆说，不洗了吧，我懒得动。

水清说，富生，这些日子你明显瘦了，原来一张圆脸，现在变成了一张长脸。

富生说，你也瘦了，眼窝都塌进去了，两只眼睛大的像牛眼。

水清不由自主地伸出手摸了摸自己的眼睛。唐排长笑嘻嘻走过来说，水清，头发快能擀毡了吧？

水清说，水凉不敢洗头。

坐在一旁抽烟的马有财说，可不是，别说丫头家不敢洗头，就是男人们也不敢胡骚情，高原上的水冷骨头，弄不好就感冒。一旦感冒了，半条命就扔在这里了。

水清说，就是害怕感冒才不敢洗，头发里面虱子爬得难受。

马有财说，虱子又不吃人。债多了不愁，虱子多了不痒。你看看大家谁身上不是一窝一窝的虱子，回去以后用石灰水洗洗头发，干干净净啥都没有了。

在大家说话的当间，壶里的水已经开了。水清说，一会儿工夫水就开了。

唐排长盘腿坐下说，在这个地方开水六十多度就开了。

富生拿出一个茶缸正准备倒水，年轻驼工孙明明火急火燎地跑了过来说，唐排长，唐排长，铁锤的头疼得不行了。

唐排长站起身子问道，他人在哪里？

220

孙明明指指河边说，在河边草地上躺着呢。

大家急忙跑到河边，躺在草地上的铁锤脸色发白嘴唇发紫，双手抱着脑袋痛苦不堪的样子。唐排长和富生把铁锤扶起来。发现铁锤头发湿漉漉的。唐排长生气地骂道，谁让你洗头了，不想活了。

孙明明说，我不让他洗，他非要洗，说虱子多得往下掉呢。

他要洗，你就让他洗？马有财没好气地说，你是个死人。

大家扶着铁锤回到了帐篷里，水清把自己的被子盖在铁锤身上。马有财摸了摸铁锤的额头说，现在还没有发烧，就看半夜咋样。你呀，真是个二毬货。

半夜的时候马有财起来摸了摸铁锤的额头，额头凉冰冰的一点不发热。马有财出去尿了一泡，回来放心地睡了。其实，马有财出去的时候，水清也被尿憋醒了。她本想出去方便一下，又觉得不好意思。只好等着马有财回来，听见马有财的鼾声之后，她才爬起来走出了帐篷。

弯刀似的月亮旁边，有一条细细的云彩，就像刀柄上飘着的一缕穗子。水清往前走了几步就蹲下了身子，唰唰的尿声中水清打了一个激灵。水清站起身子，发现不远处有几只绿森森的眼睛。吓得水清提着裤子就往帐篷里跑去。谁知脚丫子绊在了固定帐篷的绳子上，水清一头杵进了帐篷里。唐排长打亮手

221

电筒警觉地问道，什么情况？

水清说，外面有狼。

唐排长灭了手电筒说，睡觉。

第二天早晨起来之后，铁锤不但没有发烧，而且脑袋也不疼了。他甩着脑袋说，大惊小怪，我啥事没有。

唐排长说，你真是个铁锤，以后有了儿子就叫铁榔头，青藏线上需要钢铁战士。

铁锤嘿嘿笑了两声，儿子还在我小腿上转筋呢。

马有财在铁锤后脑勺上拍了一下，傻小子睡凉炕，全凭火力旺。

大家哈哈一笑，高高兴兴上路了。

这是一个跟大家心情一样的好天气。又大又圆的太阳明晃晃升过了山顶，蓝莹莹的天空一尘不染。骆驼队在温暖的阳光里又开始了日复一日枯燥无味的前行。

3

从五道梁往上这一路，山势越来越高大。过于庞大的山体显得有些臃肿。风干气燥的山路上，不时就能看见死去骆驼的尸骨。那些骆驼周围的秃鹰，就像一群张牙舞爪的黑色幽灵让人心生寒气。不远处的石头上一只火狐在窥视着蹦蹦跳跳的秃鹰。明亮的阳光下，火狐像一片红云，转眼就不知道飘到哪里去了。

太阳升到头顶的时候，骆驼队走进一片谷地。这是一片开阔的谷地，谷地里盛开着野花，随处可见的小溪在阳光下闪闪发光。骆驼队在一条小溪前停住了脚步。

唐排长说，大家吃口干粮，喝口溪水，半个小时之后出发。

由于没有足够的时间，大家没有卸下骆驼身上的驮子，只是解开缰绳让骆驼随便啃几嘴草。趁着骆驼吃草的机会，大家也坐下歇歇脚。

唐排长环顾了一下周围问道，铁锤哪去了，不会又去洗头了吧。

孙明明张了张嘴，又把嘴巴闭住了。

唐排长说，有话就说，吞吞吐吐的不像个男子汉。

孙明明朝远处张望了一下说，铁锤割骆驼蹄子去了。

你说什么？马有财问道，割骆驼蹄子去了？

孙明明点了点头。

马有财黑着脸拿出了烟锅。一袋烟还没有抽完，就见铁锤

223

提着一个布口袋朝他的骆驼走去。马有财冲着铁锤招了招手，铁锤你过来。

铁锤说，我一会儿就过来。

马有财说，把口袋提过来。

铁锤不情愿地走了过来问，啥事？

马有财问道，口袋里面装的啥东西？

铁锤吞吞吐吐说，没有啥东西。

没有啥东西？马有财说，鼓鼓囊囊的没有啥东西，倒出来看看。

铁锤磨磨蹭蹭把口袋朝下一翻，从口袋里滚出几只血淋淋的骆驼蹄子。马有财一脚把铁锤踹倒在地，日你先人一回，这是啥东西？

铁锤从地上爬起来说，咋了，不割也白白扔了，拿回去还能卖几个钱。

马有财说，你狗日的不是人，你咋忍心拿刀子割骆驼蹄子呢？咱们祖祖辈辈是拉骆驼的，骆驼跟咱们就像一家人，秃鹰豺狼糟蹋它们咱们没办法，你狗日的咋也去祸害它们，你也忍心下得去手？

铁锤不服气地歪歪头说，扔了多可惜。

屁嘴还硬。马有财举起烟袋锅要打铁锤，被唐排长一把拽住了，算了算了老马，也不是啥大不了的事情，铁锤也没有啥错，扔了也是扔了，割下来还能卖几个钱，反正是死骆驼。

马有财说，死骆驼也不行。

唐排长说，好了好了，大家准备上路吧。

望着地上的骆驼蹄子，铁锤没好气地瞪了孙明明一眼骂道，就你屁嘴长，看你那个怂样子就像个叛徒。

孙明明说，你的样子好，撒泡尿照照自己是个啥毬样子。

恼羞成怒的铁锤冲过来踢了孙明明一脚。孙明明也不甘示弱，抬腿也踢了铁锤一脚，两个人狗一样撕打成了一团。

富生跑过来把俩人拉开说道，吃饱撑得难受是不是，啥时候了还有心思打架。

铁锤说，谁都想欺负我，我铁锤不是吃棉花长大的。

孙明明擦了擦鼻子上的血说，狗日的你等着。

铁锤拍拍裤裆，说话不怕闪了舌头，有本事你把它咬了。

富生推了铁锤一把，走吧。

铁锤急忙把地上的骆驼蹄子收拾到布袋里，提着布袋追赶骆驼去了。

走出了开阔的谷地，骆驼队又沿着陡峭的山脊开始翻越山梁。山梁上风卷着残雪在空中飞舞。怪石林立的山梁崎岖嶙峋，长长的骆驼队蚂蚁搬家似的在窄窄的山道上缓缓而行。太阳滑落到雪山顶上时，骆驼队翻过了庞大的山梁。山梁这面的缓坡上已经没有了积雪，一座石头垒成的玛尼堆，酷似一个碉堡面对着山下的高原。玛尼堆上抖动的经幡，犹如一群白色鸟儿在空中飞翔。

高地上长满了半黄半绿的芨芨草，大风吹过就荡起一片波浪。高地上虽然没有骆驼草，但茂盛的芨芨草对于饥饿的骆驼们来说，也是一道不错的大餐。夕阳下的高地上撒满了吃草的骆驼，也堆满了一堆一堆的粮食驮子。

马有财在几峰卧在草地上的骆驼身旁转了一圈，轻轻拍打着骆驼的屁股让它们站起来吃草。骆驼们不情愿地站起来歪着脑袋看着马有财。马有财看着骆驼们说，看着我干啥，多吃几口草碰碰运气吧，不想吃就麻烦了。

骆驼们好像听懂了他的话，懒洋洋的低下脑袋开始吃草。

马有财轻叹一声准备回去，转身看见富生在检查金毛的蹄子。马有财慢悠悠走过去问了一句，金毛的蹄子没啥问题吧？

富生，今天这样的山路再磨几日，恐怕就要出麻烦。

马有财说，刚才我看了一下，有几峰骆驼恐怕走不了两天了。

富生说，明天我把羊皮扯了给金毛包裹蹄子。

马有财说，用不着包裹皮子了，从这里一直到沱沱河基本上都在高地上行走，过了沱沱河才翻梁爬坡呢。

富生说，马叔，沱沱河是一条大河吧？

马有财说，这么给你说吧，老家的石羊河给它当孙子都没有资格，到时候见了你就知道了。

富生说，那是多大的一条河啊。

马有财说，黑河转运站的领导说，沱沱河是一条天河。闭上眼睛想想天有多大，就知道河有多大了。

富生说，要是有条船不就划上天了吗？

能死你。马有财笑着说，那你把我带上天去。

富生也笑了笑，俩人说说笑笑回到了帐篷里。

吃饱馕疙瘩喝足了水，铁锤把羊皮铺在帐篷门口准备睡觉。马有财拿起羊皮又扔回帐篷里面说，毛病，原来在哪里睡就在哪里睡。

铁锤说，我想在门口睡，门口空气好，我喘不上来气。

马有财说，门口是人家水清的地方，你过来算毯个啥。铁锤，不是马叔说你，平时你跟孙明明好得穿一条裤子还嫌肥，打闹了几下就成仇人了。大家好不容易走到一起是缘分，一路上风风雨雨，生生死死的，虽说不是一个娘生的，但一路上的情义

227

比亲兄弟还亲呢，你们倒好，说翻脸就翻脸，就是狗也没有你们翻脸快。

唐排长也说，老马说得对，患难与共的感情值得珍惜，大家都是阶级兄弟，世界上没有比这种感情更厚重的了。

铁锤环顾一下周围，尴尬地回到了原来睡觉的地方。

唐排长又说，跟孙明明握握手，言归于好。

铁锤伸出了手，坐在地上的孙明明伸手拉了铁锤一下说，能死你，有本事睡到帐篷外面去，外面空气更好。

铁锤就势坐在孙明明怀里说，想得美，我睡到帐篷外面你高兴，狼也高兴。

孙明明猛地推了铁锤一把，铁锤从孙明明怀里一头撞在了帐篷上。帐篷里欢快的笑声引出一牙弯弯新月。

4

这条河是从格拉丹冬一路流淌下来的。格拉丹冬千姿百态的冰川被高原的太阳一点点融化，融化的冰水汇集在一起就形成了这条河。河水从巨大的冰峰脚下缓缓流淌出来，穿过陡峭的峡谷奔流而下。激情澎湃的河水冲出刀劈斧砍的大峡谷后，变得有些疲惫不堪，像个羞答答的少女从高原上缓缓流过。骆驼队来到河边的时候，平坦的河岸上已经聚集了上千峰准备过河的骆驼。望着宽阔平缓的河面，马有财对富生说，富生，这就是你想划船上天的大河。

富生惊讶地看着大河说，沱沱河真是一条大河，老家的石羊河在它面前，根本就不能算一条河，只能算是一股尿水水。

马有财指着沱沱河说，沱沱河就是到了这里才变得像个小丫头，平缓的河面连个波浪都没有。

中午暖洋洋的天气里，过河的骆驼一峰连着一峰。那个场面宏大壮观，让人看着就激情澎湃。望着浩浩荡荡过河的骆驼，让人觉得一路上的千辛万苦，为的就是一睹这个波澜壮阔的场面。

水清兴奋地拽着富生的胳膊说，富生你看，骆驼就像一只只小船，划着划着就划到了岸边。

富生不可思议地摇摇头，天底下还有这么大的河。

水清说，富生，沱沱河是从哪里流出来的？

富生指着远处说，那么多雪山，肯定是从雪山里流淌出来的。不过，马叔说沱沱河是一条天河。

顺着富生指的方向望去，蓝天下的雪山高耸入云，连绵起伏的雪山在阳光下银光闪闪，壮丽无比也庞大无比。

趁着等待过河的空隙，大家开始吃起了午饭。孙明明说，沱沱河上划羊皮筏子要比黄河上容易。你看河面多平静，不像黄河波浪翻滚。

铁锤说，表面上看着平静，其实水底下不一定平静。就像人家说得那样，会叫的狗不咬人，不叫的狗咬人狠。

孙明明说，驴唇不对马嘴，我说河呢，你咋又扯到了狗身上。

铁锤说，差不多就是这个意思。

孙明明说，啥差不多，裤裆里放屁两岔子。

铁锤说，板筋犟，就你上了几天学，一天在我面前踅来踅去的有啥意思。

马有财笑着说，你们俩真是一对冤家，离开了想，见了又咬。

铁锤说，我又没有上过学，咬舌拌嘴的话说不来。

水清被铁锤的话逗得直笑，铁锤一本正经地说，水清你别笑，我说得都是真话，我们家里兄弟几个没有一个上过学。就我弟弟去了几天，还让先生送回来了。我弟弟屁股一挨凳子就打瞌睡，从早晨睡到中午，先生讲得啥一问三不知。先生说我弟弟根本不是读书的材料，榆木脑袋没有一个眼眼。

孙明明笑着说，老鸹笑猪黑呢，你脑袋里有几个眼眼？

铁锤举起手要打孙明明，我叫你看看有几个眼眼。

孙明明笑着朝河滩跑去。

水清坐在河岸上一边吃着干粮一边心里想着，终于有盼头了。

吃完了干粮也该过河了。夏天的河水依然冷冰冰的。富生拉着金毛走下河试了试深浅说，水清，你在我后面拽紧我的衣服。

水清拽着富生的衣服也下了河。虽然水流不紧不慢，但还是让人感觉到了河水强大的力量。河水由浅到深，到了河中间水已经漫到了肚子上。

富生扭过头看了水清一眼说，拽死我的衣服。

水清说，你自己小心。

河底下光滑的鹅卵石高低不平，富生瞎子走路一样小心翼翼。走了一会儿河水变浅了，再走一会儿就到了岸边。

骆驼队上岸之后，唐排长招呼大家赶快找柴火烤衣服，大家落汤鸡似的一蹦一跳分头去寻找干枝牛粪。富生捡了一些干柴棍扔在金毛跟前，水清也捡了一些干柴牛粪扔在地上。富生刚把火点着，金毛就卧在了地上。富生从金毛背上拿出棉大衣递给水清说，赶快换上棉大衣，千万不能感冒。

水清说，你看好人。

富生说，没有人过来，你赶快换衣服。

蹲在金毛后面的水清快速脱下湿漉漉的衣服，换上棉大衣之后说，富生，我换好了，你也赶快换衣服。

富生转过身子，把棉大衣披到身上，然后脱下湿漉漉的衣裤。柴堆的火燃烧得正好，富生和水清面对面烤起了衣服。

富生问水清，你冷不冷？

水清摇摇头说，不冷。

富生说，马叔说，高原上就怕感冒，一感冒就容易引起肺水肿。我哥就是因为感冒引起了肺水肿。

水清说，好在现在是夏天，问题不是太大。

富生看了水清一眼，水清脖子下面白花花的胸脯像一片干净的雪地，雪地旁边隐隐约约的乳沟，冰峰一样刺得他有些头晕眼花。看着富生有些迷离的眼睛，水清不好意思地紧了紧身上的棉大衣。

富生他们烤衣服的时候，铁锤羡慕地望着富生他们说，唉，人的命天注定，这句话一点都没有错。你看人家富生不张不扬，架不住人家八字好。本来水清是他哥哥的女人，谁知道他哥没有这个福气。富生这小子尿尿冲出个金元宝，没有费一点力气就捡了一个漂亮女人。你说，人的命是不是天注定。

马有财说，铁锤，不要胡说八道，水清这个丫头容易吗？

铁锤说，马叔，我又咋了，我啥也没有说啊。

马有财说，水清这个丫头了不起啊，换上别的女人早软成一坨泥了。

唐排长说，水清是个好姑娘，有情有义。富顺没有了，她把悲伤埋在心里，主动要求参加运输队，当时王大队长都被感动了。我都想好了，等成立了国营骆驼场，就要招收水清这样的人当职工。

马有财说，不是一家人不进一家门。富顺兄弟俩也是好人。富顺临终前，拉着兄弟的手把水清托给了兄弟。当时我就在跟前，我这一辈子风风雨雨，啥生生死死的事情没有见过。那天看见兄弟俩拉手的场面，也扛不住泪水啪啦啪啦往下掉哩。

孙明明说，反正是亲兄弟，羊皮大衣不分里外，谁娶水清都一样。

唐排长看了看天空说，差不多就行了，大家穿衣服准备出发。

叮叮咚咚的驼铃声又响了起来。缓缓流淌的沱沱河一点点被甩在了后面。前面是一片无边的高原。开阔的高原在阳光下显得原始而苍凉。

第八章　云里的唐古拉

1

不刮风的时候，瘴气好像是从山体里面冒出来的弥漫在山梁上。无论是山谷里还是山梁上，云雾似的瘴气让大家头痛欲裂，就像在梦里面行走一样模模糊糊。直到过了一条冰河之后，骆驼队才摆脱了瘴气的纠缠。

跟沱沱河相比，这条河面窄了许多。由于河道狭窄，湍急的水流在陡峭的石壁上碰得粉身碎骨。河水汹涌澎湃，渡口不宽，骆驼队几乎没有耗费什么精力就渡过了河。

过了汹涌澎湃的河，骆驼队踏上了四野茫茫的荒原。开阔的荒原无遮无拦，一直铺向遥远的天边。骆驼队马不停蹄走了一天，傍晚在荒滩上停住了脚步。刚扎好帐篷，一群野羊出现在眼前。大概前面嘈杂的队伍惊扰了它们，它们朝着这边飞奔而来。

唐排长从肩膀上取下枪说，今天晚上大家改善生活。

大家半信半疑看着单腿跪地的唐排长，他举起枪瞄准奔跑的野羊。在大家屏住呼吸的时候，清脆的枪声之中一只奔跑的野羊腾空一跃摔落在了地上。其它的野羊风一样刮走了，身后腾起一片黄色烟尘。黄色的烟尘还没有散去，铁锤和孙明明就跑了过去。

水清惊讶地看着唐排长说，唐排长，你真了不起，真是神枪手。

唐排长得意地说，好汉不提当年勇。

马有财说，我听王大队长说过，解放兰州时，唐排长还立过功受过奖呢。

水清说，唐排长，讲一讲咋立功受奖的。

唐排长想了想说，好，我就给你们讲一讲。解放兰州打狗娃山的时候，敌人碉堡的火力凶猛，压得我们连抬不起头，连长命令我一定要打掉碉堡。在机枪火力的掩护下，我找了一个比较隐蔽的位置，匍匐到碉堡跟前，把碉堡给炸了，部队顺利攻占了狗娃山。还有一次是攻击兰州铁桥，我消灭了桥头的两个火力点，立了一个三等功。

富生说，我就想当解放军，可惜没有这个机会。

唐排长说，全国都解放了，抗美援朝也快结束了。现在最大的任务就是艰苦奋斗，自力更生，建设伟大的社会主义。富生，你现在就是在为建设社会主义努力奋斗呢。

唐排长的话刚落地，铁锤他们气喘吁吁抬着野羊回来了。

马有财说，这是只小黄羊。

孙明明指了指黄羊的肩胛骨，唐排长，子弹是从这里打进去的。

唐排长说，它要是站着不动，脑袋就开花了。

唐排长的话让大家眼睛里透出佩服的神情。

熊熊燃烧的篝火，点亮了荒原的黑夜。大家围在篝火旁高高兴兴吃着烤肉。一天的疲惫连同烤肉的香气，被荒原的野风带到了远处。

马有财点着烟锅说，饭后一袋烟，赛过活神仙。

铁锤一边吃一边说，啥时候天天能吃肉就好了。

孙明明说，铁锤，你好好活着，活到共产主义就能天天吃肉了。

铁锤说，我又不是王八，我能活到共产主义。

水清笑着说，这么香的肉还堵不住你俩的嘴。

唐排长开心地说，吃了这顿肉，咱们轻轻松松跨过唐古拉。

听唐排长这么一说，富生心里兴奋起来。他知道，过了唐古拉离目的地就不远了，也就是说离回家的日子不远了。想起千里之外的家，他既兴奋又沮丧。他想了一路也没有想好怎么面对母亲。想起母亲那双善良的眼睛，他心里就难过。母亲日日夜夜的等待，结果等来的是一个她无法接受的打击。他能想象到母亲悲伤的样子，想到母亲悲伤的样子，他心里就麻乱的不行。他长长吐出一口气，无精打采地望着飘忽不定的篝火。荒原的风把篝火吹得扭来扭去，也把大家的瞌睡吹了出来。

大概黄羊肉吃坏了肚子，铁锤半夜三更就开始拉肚子，一直翻过唐古拉山也没有见好。原来黑黢黢的圆脸瘦了一圈，脸色也变得有些发黄。走起路来软塌塌的，跟没有了筋骨一样。晚上宿营之后，马有财从怀里掏出一个小包打开，从黑疙瘩上抠下一小块递给铁锤说，赶快吃了，我不想看你拉死在这里。

铁锤拿起黑色的东西看了看，马叔，这是啥东西？

马有财说，叫你吃你就吃，问那么多干啥，反正不是狗屎。

铁锤没有再问，一下把那个黑东西扔进了嘴巴里。

237

唐排长拉了一下马有财走出帐篷。马有财小心翼翼把黑疙瘩包裹好，重新揣到怀里出了帐篷。来到一块空地，唐排长问马有财，老马，你给铁锤吃的啥东西，是不是大烟膏？

马有财说，知道你还问啥。

唐排长说，你怎么能给他吃这个东西？

马有财说，我不想看他死在这里。

唐排长说，他要是上了瘾咋办？

马有财笑了笑，唐排长放一百个心，一次两次啥关系也没有，如果铁锤上了瘾你拿我是问。

唐排长说，老马，你身上怎么会有这个东西，该不会你偷偷摸摸抽大烟吧？

马有财说，你看我像抽这东西的人吗，我马有财要是能抽得起大烟，还用得着成年道辈子拉骆驼？

唐排长不解地看着马有财，那你……

马有财说，你是不知道唐排长，我们拉骆驼的人，成年累月在外面飘，有个难过的时候，全靠这个东西保命。保过去就保过去了，保不过去自认倒霉。

唐排长说，这个东西真的管用？

马有财点点头，管用。

唐排长说，富顺病的时候你怎么不拿出来救命？

238

马有财说，没有这个东西为富顺顶着，富顺早就没有命了。你们还以为富顺是个奇迹呢，没有这个东西，他能回到莫河，能等到富生和水清？

唐排长舒了一口气，老马，你真是一个好人。

马有财说，拉骆驼的人就是江湖兄弟，生生死死都在一条路上。用你们的洋话说，叫同生死共患难。

唐排长笑了笑，对了老马，我正想跟你商量个事情。为了保证青藏这条运输线，咱们准备成立一个专门养骆驼的国营农场。王大队长说，农场成立之后，组建一个专门养骆驼的牧业队，一个运输队，还有一个农业队种粮种菜。吃供应粮，拿固定工资，到时候我想推荐你来当这个运输队的队长，你有能力也有经验，一定能当好这个队长。

马有财说，到时候再说吧。

唐排长说，啥到时候再说，我是把你抓住了。到时候干也得干，不干也得干。

马有财笑了笑，现在不兴抓壮丁。

唐排长说，兴不兴抓壮丁我不管，你这个壮丁我是抓定了。

马有财没有说话，他掏出烟袋装了一锅烟，不慌不忙抽了起来。烟锅里小小的火团就跟雪山顶上的落日一样鲜红。

2

踏上辽阔的藏北草原，天高地阔。盘旋在雪山顶上的鹰，一会儿躲藏到了云层里，一会儿又钻出云层。开阔的草原上，黑色的牦牛帐篷渐渐地多了起来，从远处望去就像一块块黑色的大石头。草滩上猛烈的西北风毫不影响悠闲吃草的牦牛，整个草原显得原始而苍茫。

骆驼队默默前行的时候，一只小牦牛一样的藏狗不知道从哪里窜了出来，疯狂地追赶着骆驼队狂吠不止。眼看着藏狗追赶到了骆驼队跟前，一声嘹亮的口哨声，疯狂的藏狗停止了追赶，但狂吠的叫声依然凶猛。

中午歇脚的时候，大家才知道那个疯狂的家伙叫藏獒。马有财说，藏獒是藏族人的好帮手，非常忠诚，藏族人对藏獒的感情特别深厚，就跟咱们和骆驼一样。藏北草原狼多，藏獒就是狼的天敌。听说，一只藏獒能对付好几只野狼，藏獒能咬碎狼的脑袋。

骆驼队一路听着藏獒的叫声，看见了飘扬在黑河转运站上空的红旗。眼看就要到了近在咫尺的转运站，又有几峰精疲力竭的骆驼趴下不动了。富生管理的骆驼也有一峰趴下了。富生卸下骆驼背上的驮子，搬起一袋粮食扛在了自己肩膀上。

水清问，富生，你咋了？

富生说，我担心把驮子分在它们身上，它们也会趴在地上。

水清走到富生跟前说，放到我肩膀上。

富生说，这一口袋粮食也能把你压趴下。

水清往下蹲了蹲身子说，我又不是纸糊的，放到我肩膀上。

富生把口袋放到水清肩膀上，自己也扛起一口袋粮食朝转运站走去。走到转运站跟前时，水清脚下一软瘫坐在了地上，肩膀上的口袋滚到了一边。转运站长上前一步，急忙将水清扶起来问道，伤着没有兄弟？

水清甩了甩脚说，没有关系，就是脚底下滑了一下。

转运站长看了一眼水清的脚，发现是一双女人的布鞋。布鞋裹着破烂皮子，没有包裹住几个脏兮兮的脚趾头。转运站长疑惑地看着水清问道，你是一个姑娘？

水清愣了一下，随手脱下头上的帽子，两条辫子蛇一样从头顶滑了下来。

转运站长惊愕地张大了嘴巴，天呐，运输队里出来了个花木兰。

水清红着脸说，人家花木兰是巾帼英雄，我不就是拉了几天骆驼。

转运站长问，姑娘，你叫啥名字？

水清笑了笑，反正不叫花木兰。

转运站站长说，别走开，你在这里等我，我马上回来。

望着转运站站长的背影，水清觉得这个解放军怪怪的。不一会儿，这个怪怪的军人回来了。手里拿着一双军用黄胶鞋递给水清说，把这双胶鞋换上吧，可能大一些，但总比没有强。可惜没有多余的胶鞋，如果有的话，应该给每一个驼工发一双。看着他们脚上破破烂烂的布鞋，心里真不是个滋味啊。

水清接过鞋问道，这双鞋多少钱？

转运站站长摇摇头说，不要钱，你放心穿，这是解放军送给你的。

水清把鞋贴在胸前，两只眼睛湿热起来。就在水清抱着胶鞋发愣时，富生走过来问道，水清，你咋了？

水清把胶鞋拿到富生面前说，解放军给的。

富生问，解放军？

水清指着转运站长的背影说，就是他。

富生说，他是转运站的站长。

水清问，那这双鞋咋办？

富生说，啥咋办，给你就穿呗。他是领导，他说了算数。

水清说，我舍不得穿。

富生说，你就穿吧，你那双鞋还能走路吗？

水清说，富生，干脆你试一试。

富生说，我试啥，我的鞋好好的，鞋底下包的皮子还好好的。

水清脱了布鞋换上胶鞋，在地上蹦了几下说，好舒服。

富生说，这下好了，回去的时候不用再受罪了。

转运站前面的草滩上有一条小河。吃过晚饭天还没有黑。富生和水清披着棉大衣走到了小河边。水清说，完成任务就能回家了。在家的时候做梦也没有想到，我也能靠两只脚走了这么远的路，从民勤走到青海，又从青海走到西藏。就是现在想一想，我也觉得像做梦一样。

富生说，我也没有想到能走到西藏。

水清说，富生，刚才吃饭的时候马叔说，要在莫河那个地方成立国营骆驼场，职工吃供应粮食，拿固定工资，你是咋想的？

富生说，我哥为了运输物资死了，咱们俩也为国家尽了力，我现在就想回去踏踏实实守着妈过日子，妈这一辈子不容易。

水清说，也是。

富生问，你是咋想的？

水清说，我听你的。

富生抓着水清的手说，我想好了，外面再好也不如家里稳当。回去以后哪也不去了，老老实实把日子过好。水清你放心，我

243

有力气，日子不会过得少吃短喝，不会让你和妈受罪。

水清说，你和富顺都是好男人，咱们一块好好伺候妈。妈这一辈子受了不少罪，让她老人家也享几天福。

富生说，等我哥周年之后，咱们就在一起过日子。

水清点了点头。

富生捏了捏水清的手说，到时候咱们多生几个娃娃，小院里一天到晚热热闹闹的，妈肯定高兴得合不拢嘴。

水清没有说话，幸福地把脑袋靠在富生肩膀上。眼前仿佛看见了小院里追逐戏闹的娃娃。一想到这些，水清的脸一下子热了起来。她看了富生一眼，忽然把脚上的鞋脱下一只说，富生，这鞋我穿大，你试一试咋样？

富生说，大就大吧，你就穿着。

水清晃着富生的胳膊说，听我的富生，你试一试。

富生说，我不试。

水清干脆把富生脚上的鞋脱了下来，把胶鞋套在富生脚上。富生看着不依不饶的水清，穿上那只胶鞋试了试说，我穿太小，挤得脚疼。

啥太小。水清用手摸了摸鞋说，脚趾头还没有顶到头呢。

富生说，说啥我也不能穿。

水清不由分说把另一只鞋也脱下来套在富生脚上，然后，把富生的两只布鞋穿在自己脚上说，你穿刚合适，我穿糟蹋了。

富生说，你不知道水清，我穿人家会笑话。再说，我的鞋你穿也大呀。

水清说，我在鞋里垫些驼毛就不大了。管谁笑话你，只要你不受罪就成。

富生说，咱们还没有在一起过日子，你就这么霸道，那以后还不吃了我。

水清打了一下富生说，我现在就想吃你。

富生抬起头望了望天空中的月亮，忽然就想起嫦娥奔月的故事。他觉得嫦娥挺可怜的，飞到月亮上也不好过，一个人冷冷清清的只有一只玉兔陪着她。

草原上起风了，空旷的草原上奔跑着空荡荡的风，空荡荡的风中不时传来藏獒低沉浑厚的吠叫声……

骆驼队在转运站休息了三天。有一天傍晚，富生发现马有财一个人在小河边坐了一个下午。富生觉着奇怪，就走到小河边问道，马叔，你想啥呢？

马有财说，你看落日的力量有多厉害，太阳已经要落下去了，还把天空染成了红色。我坐在这里就在想，人跟落日也差不多。

咱们这一路走来，又是翻山又是过河，有些时候躺下再也不想起来。可是，咬咬牙也就起来了，不但起来了，还把千山万水都扔在了身后。实际上人活的就是一口气，这口气硬了，就像落日一样厉害。

富生挨着马有财坐下说，马叔，唐排长说的成立骆驼场的事情，你是咋想的？

马有财叹口气，唉，说起来心里烦。留下那个家吧，那还是个家，回去吧又没有心肠进那个门，麻缠得很呢。

为啥？

唉，咋说呢。马有财点着烟锅，狠狠抽了两口烟说，你知道就行了，不要给别人说。我家里那个女人也是一个漂亮女人。刚结婚那两年，我们就像鸳鸯鸟一样谁也离不开谁。可是，活人要吃饭，天天搂搂抱抱过不了日子。生下第一个儿子之后，她还没有满月我就出门拉骆驼去了。这一走就是大半年光景，等我回来的时候她肚子大的像口锅。她拍拍肚皮说，有财，我又给你怀了一个儿子。看着她那个不要脸的样子，我真想一头撞到墙上死了算毬。我又不是傻瓜，肚子里的孩子是不是我的，我心里明镜一样。可是，我能说啥呢，我一走就是大半年，她也是一个活生生的人啊。

那最后咋办了？

马有财用手拍拍自己的脸说，能咋办，丢人呐。日子跟推磨一样，推了一圈又一圈，推了一年又一年，弄不清楚那几个娃娃，哪个是黄豆种，哪个是黑豆种，反正都姓我马有财的姓。不管咋说，骆驼你还养，你能饿死那几个娃娃。娃娃生了一堆，老婆也闹了一身病，就像泡在药罐子里一样。唉，想起这些事情，心里就麻缠得不行。

　　富生没有吭声，同情地看着马有财。

　　马有财说，说一说心里痛快点，憋屈在心里会发霉的。富生，我说得这个意思你明白吧，要不然我不会告诉别人。听马叔一句话，走了这一趟回去好好过日子，水清是个好姑娘，你哥没有这个福气，你别把这个福气丢了。

　　富生点点头说，我知道马叔。

　　马有财说，你哥是个苦命人呐。话又说回来了，哪个拉骆驼的命好呢。好了，不说了，回去睡觉，明天又得上路了。

　　富生站起身子，伸手把马有财拉了起来，俩人在暮色中回到了帐篷。

3

　　离开转运站的那天早晨，骆驼队和牦牛队分道扬镳。几千头驮着物资的牦牛像一条黑色河流，浩浩荡荡一直朝着南边拉萨的方向滚滚流去。运输队的骆驼队伍像一条浩浩荡荡的黄色河流，朝着北边唐古拉的方向滚滚流去。

九月的天气里，藏北草原已经飘起了雪花。没有负重的骆驼队，只用了不到一个星期的时间就穿过了藏北草原。到达唐古拉山顶的时候天空一片蔚蓝。蔚蓝的天空往往是一种假象。骆驼队刚开始下山，头顶上飘过来一片乌云，唐古拉山就飘起了小雨。往前看青海蒙蒙细雨，往后看西藏雪花飘飘。

湿漉漉的唐古拉草地一路缓缓下坡，骆驼队无形之中加快了脚步。脚上那双军用黄胶鞋虽然被雨水淋湿了，但富生觉得比布鞋舒服多了。这双胶鞋不大不小刚刚合适，走起路来十分跟脚。富生心里愉快，脚步也轻快。他看了一眼身旁的水清，水清脸上挂满了水珠。脚上那双黑条绒布鞋虽然用带子捆绑着，但还是显得松松垮垮。富生用手碰了碰水清说道，水清，咱俩还是把鞋换过来吧，你穿我的鞋不跟脚。

水清说，谁说不跟脚？我里面垫了不少驼毛，看着有点大，其实刚刚好。

富生说，犟板筋。

水清撇撇嘴没有说话。

富生说，回去给你买一双，算我还你的。

水清说，一双不行，要买就给我买十双。

为啥给你买十双？

我要穿一辈子。

富生看看水清，水清的脸蛋像挂满露水的红苹果。

淅淅沥沥的雨水停了，骆驼队拐进了一个山谷。头顶上的云彩被太阳扯开了，明亮的阳光照亮了整个山谷。来的时候倒在山谷里的那些骆驼，现在已经变成了一具具雪白的骨架子。刚才还脚步轻松的金毛，一看见路边的骨架子，脚步随之便慢了下来，大大的眼睛里闪着惊恐的神情。

水清拍了拍金毛的脖子，金毛立刻抖了抖身体，身体上的水珠下雨似的落了一地。

富生说，金毛比银毛灵性，它啥都知道。

水清说，富顺说过，金毛能听懂他的话。

富生又说道，金毛从小就跟在我哥屁股后面。我哥走它就走，我哥跑它也跑，我哥躺在地上，它就卧在我哥身边。我哥故意把衣服脱了扔到一边，金毛像狗一样给他捡回来。有一次我哥跟人家打架，金毛冲过去咬人家，把那个小子吓得连滚带爬地跑了。我妈说，金毛就像我哥的影子，说不一定我哥上辈子也是骆驼。

水清扭头看了看金毛，金毛眼睛里闪着泪花。水清惊讶地拍了一下富生说，富生，你看金毛。

富生看了金毛一眼，它知道在说我哥。

水清从裆褲里掏出来一个馕疙瘩递到金毛嘴边，金毛把脖子扭向了一边。

富生说，金毛心里不舒服，没有心思吃东西。

水清把馕疙瘩递给富生说道，要是银毛在就好了，金毛也有个伴。

富生没有说话，张开嘴咬了一口硬邦邦的馕疙瘩。

山谷里亮得晚黑得早，太阳还没有落下去，暮色已经笼罩了山谷。骆驼队在朦朦胧胧的天色里扎下了帐篷。扎好帐篷后唐排长觉得浑身发冷，脑袋瓜也有些发热。马有财说，可能是淋了雨受凉了，等会多喝些开水，好好睡一觉。

唐排长有些担心，摸着自己的额头问，不会有啥子问题吧？

马有财说，你身体健壮，头疼脑热能有啥问题。

唐排长从黄挎包里翻出一个小药瓶，倒出几粒药片扔进嘴里，连水都没有喝就咽进了肚里。晚上睡觉的时候，水清把被子搭在了唐排长身上。唐排长摆摆手说，要不得要不得，我盖你的被子像啥话。

水清说，我有一件棉大衣就行了，你暖暖和和睡一觉就好了。

唐排长说了一声谢谢就躺进了被窝。

第二天早晨起来，唐排长让马有财摸摸自己的脑门。马有财摸了摸说，你自己摸不出来，凉得像一块石头。

唐排长不放心又让水清摸，说老马手粗摸不准，女同志手细摸得准。

水清摸了摸说，马叔说得对，跟石头一样凉。

唐排长说，我得感谢你的棉被子。

水清说，一个帐篷里住着谢啥。

唐排长活动了几下胳膊腿，自言自语说，我也说嘛，枪林弹雨都闯过来了，一点毛毛细雨就能把我打倒。

马有财笑了笑，那你昨天晚上紧张个啥。

唐排长说，我哪里是紧张，我是做好准备，有备无患，不打无准备之仗。

铁锤插话说，就是的，人家唐排长闯过大风大浪，是立过大功的人，这点风雨算毬个啥嘛。

马有财说，你小子又想吃黄羊肉了是吧？

铁锤说，你拿来我就吃，黄羊肉总比馕疙瘩好吃。

马有财摆摆手说，走。

铁锤问，干啥？

马有财笑了笑说道，马叔给你做去。

铁锤一脸不高兴地撅着嘴说，马叔，你自己留着慢慢吃吧。

你这小子还反了！马有财举起烟锅要打铁锤，铁锤冲出帐篷哈哈笑了起来，帐篷里面的人也笑得像开了锅。

骆驼队又走了一天，来到了一条不知名的大河前。马有财蹲在河边，两手掬起一捧水洗了一把脸，然后站起身子甩甩手说，越走离家越近了。

富生拍拍金毛，金毛扑通一下跪卧在了地上。富生让水清骑骆驼过河，水清担心金毛吃不消。

富生说，金毛不负重，驮你没有问题。

水清犹豫不决的时候，富生一把将水清抱到了金毛背上，金毛心领神会地一下站了起来，富生小心翼翼地拉着金毛向河里走去。

河水不深风浪也不大，只是河底的石头磕磕绊绊，让人东倒西歪站立不住。富生一只手抓着前面骆驼的尾巴，一只手拉着金毛，努力平衡着身体慢慢向河对岸走去。骆驼队顺利渡过了大河，大家拧干了裤子上的水，就钻进了山谷。唐排长看看天色不早了，决定就在黑刺林旁边宿营。大家放开骆驼，扎好帐篷，便开始捡拾黑刺准备点火。唐排长在帐篷里脱下裤子，穿上棉大衣，把裤子往黑刺上面一扔说，铁锤，帮我烤烤裤子，我看能不能打个野物回来，晚上咱们改善生活。

铁锤对孙明明说，你给唐排长烤一烤裤子，我跟唐排长去打猎。

孙明明撇撇嘴说道，能死你，小心狗熊把你当成了晚饭。

铁锤懒得搭理孙明明，转身追赶唐排长去了。

走了好一会儿，也没有见着什么猎物。看着天色渐渐暗了下来，唐排长说，咱们回去吧，今天运气不好。

铁锤不情愿地说，再往前走一走呗唐排长，咱们空着两只手回去，反正人家不会笑话我，我又不是神枪手。

唐排长说，少给我激将法，大家也不会笑话我。不是我枪法不好，是没有动物敢来找我。

铁锤说，我就是随便说说，谁敢笑话唐排长，我不是就想看你打猎吗。

唐排长想了想说，好吧，再往前面走一走。

又往前走了一会儿，天色越来越暗了，唐排长说，没有希望了，回去吧。

俩人有点扫兴，正准备回去的时候，黑刺林那边有了响动。唐排长迅速拉了一下枪栓，把子弹推上膛。两个人弯下身子屏住呼吸，睁大眼睛在黑刺林里搜寻。静悄悄的黑刺林里又响动起来，暗色之中就看见一团模糊的黑影在晃动，没等铁锤反应过来，一条火龙已经飞向了黑刺林。

唐排长从大衣口袋里掏出手电筒说，可能是个大家伙。

太厉害了唐排长，我都看成个傻子了。兴奋不已的铁锤跟在唐排长屁股后面说，你摸摸我的心，快从嘴巴里跳出来了。

唐排长拨开黑刺走过去照了一下，手里的电筒不由自主滑到了地上。铁锤从地上捡起手电筒照了照，顿时立在那儿不动了。

唐排长一屁股坐在石头上说，骆驼怎么跑到这里来了。

铁锤又照了照躺在地上的骆驼，支支吾吾地说，好像是我的骆驼，刚才走的急，忘了把骆驼赶到河边了。

唐排长叹了一口气，唉，这可怎么是好。

铁锤说，唐排长，你心里别难受，又不是故意的，你想想，一路上损失的骆驼数也数不清，也不在乎这一峰骆驼。

唐排长说，这是两码事，不管咋说这是犯了错误。

铁锤说，你放心唐排长，这个事情只有天知地知你知我知，我向你保证，就是死我也不会给第二个人说。

唐排长拍拍铁锤没有说话。

铁锤用手电筒又照了照骆驼，一回手又照了照唐排长。唐排长的棉大衣向两边裂开着，肚皮底下的小弟弟像个缩头乌龟掉在那里，铁锤忍不住笑出了声音。

唐排长问，笑啥子，犯了错误还笑？

铁锤说，小弟弟露出来了。

唐排长低头看了一眼下面，站起身子说，回去吧。

铁锤说，唐排长，回去你一句话也不用说，看我怎么说。

唐排长他们一回去，孙明明就从篝火旁边站起来问道，唐排长，你们打着啥东西了？

铁锤说，啥也没有打着。

孙明明说，刚才听见枪响，我还以为打着猎物了呢。

铁锤说，猎物知道唐排长是神枪手，吓得都逃跑了，刚才是我过了一下枪瘾。

孙明明把裤子递给唐排长说道，唐排长，你的裤子烤干了。

唐排长接过裤子说了一声谢谢，就回到帐篷换衣服去了。富生从黑暗里走了过来，把洗干净的兔子放在篝火的铁架上。

铁锤惊讶地看着富生问，兔子是哪里来的？

没等富生开口，马有财接上话说，刚才从黑刺林里面窜出来的，富生甩了一石头就打中了。

富生说，瞎猫碰上个死耗子。

一会儿工夫兔子就烤得焦黄焦黄，空气里飘着诱人的香气。马有财撕下一条腿递给水清，水清摆摆手说，马叔，你自己吃。

马有财说，客气啥，兔子有四条腿呢。

水清接过兔子腿说，谢谢马叔。

马有财说，谢我啥，谢你家富生还差不多。

铁锤伸出手说，我也谢谢马叔。

马有财看了铁锤一眼说道，一点眼色没有，去叫唐排长。

铁锤转身进了帐篷，一会儿走了出来说，唐排长不舒服，想休息一会儿。

马有财把一只兔子腿递给铁锤说，给你的。

铁锤拿着兔子腿狠狠咬了一口说，真好吃。

燃烧的篝火，点亮了谷地的黑夜。大家吃饱喝足之后，拍拍屁股回帐篷睡觉去了。马有财没有起身，坐在火堆旁又点着了一袋烟。水清扭头看了一眼马有财问道，马叔，你不睡觉？

马有财扬了扬手里的烟锅说道，你们先睡，我过过烟瘾。

水清不再说啥，钻进帐篷睡觉去了。水清知道马叔大概想家了，和大家一样归心似箭。可是，富顺再也回不了家了。想到富顺回不了家，水清心里就十分难过。虽然富顺回不了家，但富顺是好样的，他干了一个男人应该干的事情。何况，在这条运输路上又不止富顺一个人丢了性命。不管咋说，人就是这样生活的，走了的人已经走了，活着的人还要坚强地活下去。不但要活下去，而且还要好好活着，这样才能对得起死去的亲人。婆婆是个明事理的人，也是一个坚强的女人，她会为有这么一个儿子骄傲的。

黑黢黢的帐篷里没有一点亮色。帐篷外面马有财低沉的歌声风一样吹进了帐篷里……

铜铃铃响来西北风吹

走不尽的荒滩过不完的河

搭起帐篷滚一锅水

馍疙瘩冻得硬邦邦

哎哟，拉骆驼的人儿呀

铜铃铃响来西北风吹

掌柜的有钱热炕头头上睡

驼娃子拉骆驼走草地

挣不下几个麻麻钱

哎哟，拉骆驼的人儿呀……

第九章　沱沱河

1

一向干旱少雨的唐古拉地区，突然变得阴雨连绵。不大不小的雨水，一连几天都跟随着骆驼队。尽管有塑料布遮挡着雨水，身上的棉大衣还是被雨水弄得湿漉漉的。好不容易天气转晴了，天空又飘起了雪花。来的时候还绿油油的草原，现在已经开始变得有些发黄。冷飕飕的西北风从草原上吹过，唐古拉的冬天过早地来到了。

拐过一个光秃秃的山口，山风明显大了起来，富生从金毛背上抽出一节牛毛绳递给水清说，山里风硬，把大衣扎牢。

水清把牛毛绳子扎在腰上说，你说怪不怪富生，昨天晚上我就梦见风了。

富生笑了笑问，风长得啥样子？

水清说，我没有看清风长得啥样子，我梦见站在山坡上唱歌呢，歌词好像是蓝天白云，还有星星月亮，曲子就是风的声音，风声大我的声音就大，风声小我的声音就小。

富生说，你是神仙，呼风唤雨。

水清说，我要是神仙，就不让你受这个罪了，也不让骆驼队受这个罪。

富生又说道，这个罪快受到头了。我现在啥都不想，一个心思就是赶快回家。老人们说得好，金窝银窝不如自家的土窝。

水清张开嘴正准备说话，一股风刮过来呛得她咳嗽不止。富生用手在水清背上拍了几下说，再别说话了，风太硬。

水清停住了咳嗽不再说话，低着脑袋往前走着。

山风刮了整整一天，傍晚的时候风停了，骆驼队也在一个山坳里扎下了帐篷。山坳不开阔，但长满了野草。山坳里没有水源，大家在背阴的坡上刮了些积雪烧开了一壶水。铁锤从黑暗里走出来，一边系着裤子一边问马有财，马叔，你说奇怪不奇怪，这几天咋听不见狼叫了？

马有财故意问道，狼叫的声音好听？

不是好听。铁锤说，刚才出去撒尿，山坳里太安静了，我就想起这些日子没有听见狼的叫唤声。

马有财说，脑袋就是吃饭的？你也不想一想，从昆仑山口到唐古拉，一路上扔下多少骆驼，它们有吃有喝还叫唤个啥。

铁锤拍拍脑袋说，也是。

坐在火堆旁一声不吭的唐排长，抬起头看了铁锤一眼说，走了一天的路，你还不累是吧？

铁锤说，咋不累，我又不是铁打的。

唐排长说道，明天就要过沱沱河了，还不抓紧时间休息。

铁锤说，快要回家了，再累也不瞌睡。

唐排长说，是啊，一说回家，心里就痒痒了。这一路大家太辛苦了，所以也就特别想家。家里再穷再苦，也是温暖的窝。不怕你们笑话，我刚当兵的时候，想家想得还偷偷哭鼻子呢。

铁锤笑着问道，唐排长，恐怕是想媳妇想得哭鼻子吧？

唐排长说，我当兵还不到十八岁，哪里来的媳妇。我倒是想找一个媳妇，麻烦你给我介绍一个嘛。

铁锤说，我自己都没有，咋给你介绍。

唐排长问，你们村子里没有姑娘？

铁锤说，有也不是给我准备的。我们家穷得叮当响，谁家愿意把姑娘嫁给我。

唐排长指了指马有财说，你好好表现，老马家就有两个姑娘。

马有财哼了一声说道，好吃懒做的货，有十个姑娘也不嫁给他。

铁锤撇撇嘴说道，白送我还得看我高兴不高兴呢。

马有财举了举烟锅，铁锤风一样刮进了帐篷里。

唐排长笑着说，早点休息，明天还要过沱沱河。

大家懒洋洋地站起来，纷纷找地方方便去了。

第二天又是一个雨天。骆驼队在蒙蒙细雨中走出了山坳。走了没多长时间，铁锤神神秘秘地走到富生跟前。富生奇怪地问铁锤，你咋不好好看着骆驼？

铁锤说，一个人孤孤单单的没有意思，想跟你说说话。

富生说，你嘴巴里能说出啥好话，是不是想马叔家的丫头呢？

铁锤撇撇嘴说道，吃饱撑的，想那些没用的干啥。说老实话，就是马叔把丫头白给我，我都不稀罕要。你没见过马叔家的丫头，一个比一个长得丑。大丫头脸长得跟骆驼一样长，小丫头眼睛还是斜的。我就奇怪了，马叔的老婆长得挺好看，马叔除了牙齿是黄的，人长得也不难看，生出来的男孩子人模狗样的，怎么生出来的丫头死难看。

富生笑了笑说，少说几句吧，小心马叔听见收拾你。

铁锤看了一眼走在旁边的水清说，我不是想说马叔的事，反正水清也不是外人，我就不绕弯子了。

水清说，怪不得唐排长嫌你说话啰里啰唆呢。

铁锤说，哎，说对了，我就是想跟你们说唐排长的事情呢。

富生问，唐排长有啥事情？

铁锤环顾了一下周围说道，我给你们说了，你们必须保证不给别人说，要不然唐排长知道了，我就成了叛徒。

富生说，爱说不说。

铁锤说道，本来我不想说，可是憋在肚子里难受。富生，那天晚上你记不记得，就是你打了一只野兔子的那个晚上。我和唐排长不是去打猎了吗，你们猜一猜唐排长打了个啥东西？

富生说，你不是说没有碰上猎物，你过了个枪瘾嘛。

那是我瞎说的。铁锤说，那天在黑刺林里寻找了半天，连一只麻雀也没有碰上。我们正打算回来时，突然黑刺林里有了动静。当时，天已经黑下来了，啥也看不清楚，就看见黑刺林那边有一团黑乎乎的东西，就在我迷迷糊糊的时候，一条火龙从眼前闪了过去，唐排长的枪响了。我俩以为打着了猎物，急忙穿过黑刺林，打亮手电一看全都傻眼了，你猜一猜打着啥了？

富生忙问，不会是人吧？

骆驼，还是我的骆驼。铁锤说，唐排长当时就吓傻了，一屁股坐在石头上，两只眼睛都不会转了，腿中间的鸡娃子都缩到了肚子里了。

真的？富生又问道。

骗人我是狗。铁锤说，我就给你们俩说了，你们千万不要给别人说。我都没敢告诉孙明明，那家伙嘴巴碎，肚子里连个屁都存不住。

水清说，怪不得这些天唐排长一副闷闷不乐的样子，原来是因为这个事情。

记住，千万不要告诉别人。铁锤转身走了几步又回过头说，千万不能当叛徒。

富生望着铁锤的背影笑了笑说道，说人家肚里存不住屁，他才长了一副坏人下水。

水清没有说话，她看了富生一眼，心里面闪过一丝欣慰。富生虽然没有富顺那么憨厚，也是踏踏实实的一个男人。他们兄弟俩都顾家孝顺，身上没有不好的毛病，就是过日子的男人。能有这样的男人过日子，水清觉着自己是一个幸福的女人。

中午的时候雨停了，骆驼队也赶到了沱沱河边。沱沱河明显涨水了，开阔的河面波涛滚滚，轰隆隆的水流声仿佛隐隐的雷声。站在岸边的唐排长说，大家休息一下，垫垫肚子准备渡河。

马有财说，这几天雨水不断，雪山上的积雪也融化了不少。你没看沱沱河的水势涨了不少。唐排长，我的意思大家紧紧裤带，过了沱沱河再吃干粮吧。

唐排长想了想说，老马说得对，大家准备渡河。

唐排长说完话，拉起骆驼第一个下到了河里。富生把水清扶到金毛背上后，扭头看了一眼马有财说道，马叔，你咋还坐在这里，赶快过河呀。

马有财扬了扬手中的烟锅笑着说，你们前头先走，我加点油就赶上你们了。

富生拉着金毛刚走进沱沱河，就感到河水比来时涨了不少，河水也冰冷多了。大概就是马有财说的山上的积雪融化了，冰冷的雪水让沱沱河膨胀起来。越往前走河水也越深，还没有走到河中间，河水已经漫到了胸脯上。富生感到了刺骨的冰冷，腿脚已经没有先前灵活了，身子也开始哆嗦起来。

看见富生冷得哆嗦，水清脱下棉大衣要给富生往身上披。富生说没用，水清又把棉大衣披在身上，提心吊胆地看着富生一步一步朝着对岸走去。

走过一段齐胸深的河水，河水从富生的胸间慢慢退到了大腿，又一点点退到了小腿，看着富生两只脚踏到了岸边，水清的心掉进了肚里。她急忙把棉大衣扔给富生说道，赶快穿上，小心感冒。

富生刚展开棉大衣，就听站在河中间的马有财大声叫他，富生，拉我一把，我的腿抽筋了。

富生把棉大衣又扔给水清，转身下到河里朝着马有财走去。快走到马有财跟前时，站在岸边的唐排长突然又跳又蹦高声喊道，洪峰下来了，洪峰下来了……

不远处的河面上一排紧跟着一排的黄浪滚滚而来，水清急忙朝河中间望去，一排黄色的波浪已经冲到了富生他们跟前。没等水清看清楚怎么回事，河里的人和骆驼就没入汹涌澎湃的波涛中。水清声嘶力竭喊了一声富生，就像一口袋粮食一样从金毛背上掉了下来……

2

水清睁开眼睛的时候，觉着自己躺在沱沱河里。眼前水波荡漾，摇摇晃晃。过了一会儿，眼前出现了一团一团模糊的黑影。这些黑影乌云似的慢慢飘散了，她看清楚了唐排长那张圆圆的脸，还有孙明明那张清瘦的脸，铁锤那张黑黢黢的脸，这个时候耳边传来了唐排长的声音，唐排长的声音好像从遥远的地方传来的，轻飘飘的有点儿像蚊子在叫。又过了一会儿，她清清楚楚听见孙明明在说话，水清醒了，水清醒了。

水清真的就彻底醒了。她睁大眼睛打量着周围，两个眼睛珠子不停转动着。

水清你醒了，我是唐排长啊。

水清一下子坐了起来问道，富生呢，富生呢……

唐排长说，水清，你可醒了，你已经昏迷不醒两天了，你真的是累坏了，也把我们吓坏了。

孙明明端着一个茶缸说，水清，你喝口水吧。

水清没有伸手，两只眼睛一动不动看着茶缸上升腾的热气。看着看着她两手忽然紧紧抱住自己的小腿，把脸深深埋进了膝盖里。

水清，水清。唐排长说，你是一个坚强的姑娘，我知道你此时此刻的心情，我们的心里也像刀割一样疼痛。可是，咱们在沱沱河已经耽误两天了，不能再耽误时间了，更不能拖了整个骆驼队的后腿呀。

水清抬起头，理了理乱糟糟的头发，把帽子戴在脑袋上站了起来，什么话也没有说就走出了帐篷。唐排长他们也跟着走

惊涛骇浪的沱沱河冲走了富生，同时也撕碎了水清的心。面对无法改

变的事实，痛不欲生的水清就跟死了一样。

出了帐篷。见水清一直朝沱沱河方向走去,唐排长使了一个眼色,大家悄悄尾随着水清朝沱沱河走去。快到沱沱河边时,唐排长紧走了几步追上水清说,水清,你要往开想一想,千万不能犯糊涂啊。事情已经发生了,咱们就得面对现实……

我不会去跳河。水清头也不回说了一句。

唐排长放慢了脚步,警惕地跟着水清走到了河边。望着波涛滚滚的沱沱河水,水清突然跪在了地上,声嘶力竭地喊道,富生,你就这么走了,你就这么扔下我走了。富顺走了,你也走了,你们都走了,把我一个人扔在这远天远地的沱沱河……

唐排长实在看不下去了,上前把水清搀扶起来说,水清,你看太阳都过了头顶,咱们还要追赶大部队呢。

水清看了一眼唐排长,歪着脑袋说,你们听,你们听……
唐排长问,听什么?

水清没有搭理唐排长,一转身又朝着帐篷走去。唐排长问铁锤,你听清楚没有,水清让咱们听啥子?

铁锤摇摇头说,你都没有听清楚,我咋能听清楚。

就在大家莫名其妙的时候,水清突然唱了起来。虽然声音不大,但大家都熟悉这一首歌……

铜铃铃响来西北风刮

269

走不尽的荒滩过不完的河

搭起帐篷滚一锅水

馍疙瘩冻得硬邦邦

哎哟，拉骆驼的人儿呀

铜铃铃响来西北风吹

掌柜的有钱热炕头头上睡

驼娃子拉骆驼走草地

挣不下几个麻麻钱

哎哟，拉骆驼的人儿呀……

凄美的歌声一直唱到帐篷里面。水清收拾好东西走出帐篷，金毛已经卧在了帐篷跟前。水清把东西搭在金毛背上，一把搂住了金毛的脖子。

唐排长抹了一把眼睛说，大家赶快收拾东西，准备出发。

骆驼队要出发了，水清拉了拉金毛的缰绳，金毛一点反应也没有。水清又用力拉了拉缰绳，金毛就是不起来。水清想了想，抬腿跨到金毛背上，金毛摇晃了几下身子站了起来，水清一下把脸埋进了金毛的背上。

骆驼队出发了，驼铃声又叮叮咚咚响了起来。听见叮叮咚

270

咚的驼铃声，昏昏沉沉的水清就仿佛听见了沱沱河的波涛声。驼铃声响了一路，波涛声也响了一路……

离开沱沱河一个星期了，水清一个星期没有说话。尽管大家跟她没话找话，她像哑巴一样一言不发。就在大家一筹莫展的时候，突然有一天水清问唐排长，唐排长，沱沱河从天上流下来，最后流到哪里去了？

唐排长说，最后肯定流到大海里去了，没听人家说吗，千条江河归大海。

水清又问，沱沱河一直能流到大海吗？

唐排长想了想又说，也许沱沱河流进黄河了吧，我不太清楚，反正黄河最后还是要流到大海。到了格尔木我帮你问一问。水清，你问这个干啥？

水清说，不管咋说，富顺还有个坟墓，可富生在啥地方呢？黄河离民勤不远，也许富生还能找到家。

唐排长点了点头，心里酸酸的。

中午歇脚的工夫，水清从褡裢里掏出那双鞋垫，默默看着鞋垫上那一对鸳鸯。看着看着，那对鸳鸯就活了。清凌凌的水面上有一片绿油油的芦苇，两只嬉戏的鸳鸯一会儿钻进水里，一会儿又浮出水面，一会儿藏到了芦苇里，一会儿又从芦苇里钻了出来，最后两只鸳鸯离开水面，扑棱棱飞上天空不见了。水清眨眨眼睛，把鞋垫放在地上，两只手拼命在硬邦邦的戈壁上挖着土坑。一会儿工夫土坑挖好了，水清十个手指头已经鲜血淋淋。水清把鞋垫展展放进坑里，然后又把鲜血染红的沙土填到坑里。不远处的石头上两只鸟儿鸣叫了几声，望着石头上鸣叫的鸟儿，水清两行眼泪顺着脸颊流了下来，雨点似的落在了土坑上面。

从沱沱河开始一路缓缓地下坡，一路不停地西北风。轻装的骆驼队在西北风中，行走的速度快了许多。开始的时候水清一直骑在金毛背上，几天之后水清再也不忍心骑着瘦骨嶙峋的金毛行走了。她能看出来，离开沱沱河之后金毛的情绪一直不好，常常是泪眼汪汪的。一看见泪眼汪汪的金毛，水清心里就像刀割一样疼痛。她甚至在心里埋怨起马有财。本来富生已经过了沱沱河，偏偏马有财腿又抽了筋，自己丢了命不说，还把富生的命也搭了进去。可是，仔细想一想也不能怪马有财，都是拉骆驼的患难兄弟，谁能眼睁睁见死不救。其实，马有财也挺可怜的。一大家子人，张着嘴巴等着他吃饭呢。现在马有财没有了，这一大家子人可怎么活呀。

这些天里，水清像死了一样不想吃也不想喝。脑袋瓜里全是富顺一家人。特别是想到富生的母亲，她的心就流淌着血。一个女人辛辛苦苦拉扯大两个孩子多么不容易，眼看着快熬出头了，两个儿子都离她而去。她无法想象富生母亲知道这个情况之后会怎么样，她不敢继续往下想，她实在想象不出是个什么样的结果。她甚至还想到，富生母亲会扑上来撕扯着自己的头发，把全部的悲伤发泄到自己身上。晚上躺在帐篷里，她几乎不敢闭眼睛。一闭上眼睛就看见波涛滚滚的沱沱河，看见被波涛瞬间吞噬的富生和马有财。有一天晚上，迷迷糊糊的她看见富生突然从沱沱河里钻了出来。富生手里抓着一条鱼，笑呵呵的朝她挥挥手。她奇怪地问富生，你不是被河水卷走了吗？富生说，我到河里抓鱼去了。你看，这不是鱼吗？她伸出手正准备去拿鱼，富生一下把她拉到了河水里。她连喊带叫地睁开眼睛，天已经亮了。唐排长直挺挺站在她跟前。她揉了揉眼睛坐起来问道，准备出发了是吧？

唐排长说，水清，你这样折磨自己，非得折磨出毛病来。才几天工夫，你看你瘦了整整一圈，脸色黄得跟戈壁一个颜色。你要振作起来，死了的人已经死了，活着的人还要继续活。你成天要死不活的样子，怎么能对得起死去的人。

水清张了张嘴，哇的一声哭了。

唐排长走到帐篷外面对大家说，今天晚走一会儿，让水清好好哭一哭，把心里的悲伤哭出来就轻松一些，要不然真的要憋出毛病来。大家站在骆驼跟前，从帐篷里传出来的哭声像刀子一样扎在每一个人的心上。

骆驼队到达昆仑山口时，天又飘起了雪花。前几天下的雪还没有融化，飘飘洒洒的雪花又覆盖了荒原。骆驼队停在一个背风的山脚下开始宿营。帐篷里面明显有了冬天的寒意。唐排长走进帐篷，一边搓着手一边问道，老马，搞啥子名堂，这么冷的天你怎么不点火呢？

帐篷里静悄悄的没有一点声音。唐排长环顾了一下帐篷，几个人直盯盯地看着他没有说话。唐排长叹了一口气，蹲在地上点着了火。帐篷里就有了热气。唐排长坐在火堆旁边，指着帐篷门口的水清说，水清，往里面坐一坐，里面暖和。

水清摇摇头说，我不冷。

唐排长不知道再说啥，就对孙明明说，去看看铁锤，打个水这么费劲。

孙明明刚站起身子，铁锤就提着壶进了帐篷。

唐排长有点不高兴地说道，打个水这么半天，我当你到格尔木打水去了呢。

铁锤把壶架在火堆上，凑到唐排长跟前说，唐排长，告诉你一个好消息，河边的草滩上有几只藏羚羊。

唐排长问道，你怎么知道是藏羚羊？

铁锤说，在唐古拉见过它们，马叔说是藏羚羊。

唐排长说，没有子弹了。

铁锤说，前两天你擦枪的时候，我还看见子弹了。

唐排长说，没兴趣。

铁锤讨好地说道，好多天没有见着肉了，你手指头一抠我们就解馋了。

唐排长不耐烦地瞥了铁锤一眼说，你是个什么人，都啥时候了你还有这个心情，我看你脑子有问题。

铁锤说，你不想去，把枪给我。

唐排长有点生气地反问道，枪是随便玩的，出了问题谁负责？

铁锤不怀好意地撇撇嘴说道，出啥问题，唐排长你说能出啥问题？

唐排长指着铁锤说，铁锤，你是啥意思，是不是想威胁我？我告诉你，没有什么了不起的。

铁锤尴尬的憋出一个笑容说道，唐排长，你别误会，我啥意思也没有，就是随便说说，我这个人说话就和放屁一样从来不考虑。

唐排长不再言语，从火堆边拿起一个馒疙瘩咬了一口。

一脸木讷的孙明明看看唐排长，又看看铁锤，最后什么名堂也没有看出来，没意思地也从火堆上边拿起一个馒疙瘩。

帐篷里的气氛有些沉闷，水清起身走了出去。月光下的金毛看见了水清，直起脖子叫唤了一声。水清走到金毛跟前，轻轻抚摸着金毛的脑袋。自从富生不在了以后，金毛每天晚上都卧在帐篷旁边过夜。水清觉得金毛跟人一样懂事，只是不会说话罢了，其实心里啥都明白。以前她总是听富顺说金毛不是一般的骆驼，富生也说金毛有灵性，可她从来没有上过心。去西藏这一路，她才感觉到金毛的确不一般，特别是这些日子，她觉得金毛就是自己的一个伴。金毛在身边她心里就会好受一些，金毛出去吃草的工夫，她心里就会感到空落落的。有时候和金毛在一起，她就觉得是和富顺兄弟俩在一起，心里也会稍微踏实一些。她尽量克制自己不去想这些伤心的事情，可是，不想不想又想到了这些事情。她觉得自己就像风中的一片树叶，不知道会被吹到哪里去。

山里面起风了，水清感到一阵寒冷，她拍拍金毛的脑袋，转身走回了帐篷，一声不响地躺进了被窝。

水清坐在炕上正在吃饭，房门突然被撞开了。富生落汤鸡似的闯了进来，拍着肚皮直喊饿。水清赶紧放下手里的饭碗，跳下炕去给富生舀了一碗饭。富生狼吞虎咽吃饭的时候，灰头土脸的富顺也闯了进来。他一把从富生手里抢过饭碗吃了起来。富生急了，就跟富顺打了起来。水清费了好大劲把兄弟俩人拉开，富生拉着她的手要走，富顺不让走，兄弟两个一人拽着她的一只胳膊，你拉过去他拉过来，拉着拉着她的两只胳膊被拽掉了，她看见鲜血水一样喷了出来……

水清一下子醒了，她下意识地摸了摸胳膊，两只胳膊都在自己的身上。水清睁开眼睛，从帐篷的缝隙里看见天边已经有了鱼肚白。

不大不小的雪花从昆仑山口一直跟随着骆驼队到了格尔木。在格尔木休整的日子里，铁锤告诉水清沱沱河水没有流到黄河，而是流到长江里去了。

水清问，你咋知道的？

铁锤说，你那天不是问唐排长吗，唐排长不知道，我就记在心里了。刚才路过青藏公路指挥部，我就进去问了一下，一个戴眼镜的解放军亲口给我说的。他说，沱沱河跟通天河是一码事，就是叫法不一样，是长江的源头。

水清没有吭声，双手捂着脸跑回了帐篷。

莫名其妙的铁锤望着水清的背影正在发呆，唐排长走了过来问铁锤，你跟水清说啥子呢，惹得水清不高兴？

铁锤说，没有说啥，我就是告诉她，沱沱河没有流到黄河，而是流进了长江。那天她不是问你来着吗？你不知道，我给她打听出来了。谁知道她神经兮兮的……对了唐排长，我告诉你，以后离水清远一点。

唐排长问，为啥子？

铁锤说，人家说女人是祸水，我觉得水清这个女人就是祸水。你想想，她跟富顺好，富顺死了，她跟富生好，富生又死了，兄弟俩都没有逃出她的手心……

放你的屁。唐排长生气地骂道，你这个家伙就不是一个人，还不如个骆驼。人家水清为了西藏的和平解放失去了两位亲人，你不但没有一点同情心，还在这里胡说八道，我严重警告你，你再胡说八道老子饶不了你。

铁锤歪着脖子说，我咋了，我咋没有同情心，我要是没有同情心，早就把你打死骆驼的事情说出去了……

没等铁锤把话说完，唐排长一下从肩膀上取下枪愤怒地说道，别说打死一个骆驼，老子还想打死你这个狗日的。

铁锤一看唐排长生气了，吓得急忙摆摆手说，唐排长，你可别吓唬我。我以后再不胡说八道了，你要不害怕，你就和水清好去，我一句话不会说……

日妈哩，老子看你是找死。唐排长拉了拉枪栓，做了一个瞄准的姿势，吓得铁锤兔子似的一口气跑到红柳林里藏了起来。唐排长放下枪回到帐篷，见水清一个人坐在那里发呆。唐排长说，水清同志，外面天气不错，出去走一走。

水清看了唐排长一眼问道，唐排长，你相信命吗？

唐排长干干脆脆说，共产党人从来不相信啥子命，自己的命运掌握在自己手里。

那我的命怎么这么苦呢？水清说，本来富顺完成运输任务之后，回去就要和我成婚的。可是，他留在了莫河的东山坡。富顺临终前把我托付给了富生，没有想到富生留在了沱沱河。这些日子我就在想，富顺兄弟俩都是本本分分的好人，怎么老天爷就不长眼呢？想来想去，我觉得我就是他们兄弟俩的克星。我们老家人说，像我这样的女人就是克夫的女人。可是，他们在我心里就像秤砣一样重，比我自己的命都金贵，我喜欢还喜欢不过来呢，怎么会去克他们的命呢？如果说我不是克星，他们兄弟俩又偏偏因为我把命丢了，我恨死我自己了……

水清，他们兄弟俩不是因为你丢了命，是为了一个伟大的事业献出了生命。唐排长打断水清的话说，水清，你应该明白，咱们骆驼队干了一件前所未有的伟大事业。如果没有咱们骆驼

279

队运输粮食和物资，和平解放西藏的指战员就得饿死冻死，那么，和平解放西藏就成了一句空话。如果西藏解放不了，西藏的几百万农奴还要受苦受难。正因为有了咱们运输的粮食和物资，才保证了西藏的和平解放。你想想是不是这个道理？富顺兄弟俩不是因你而死的，是为了和平解放西藏的伟大事业而牺牲的，他们的死，比唐古拉山还要重。

水清睁大眼睛看着唐排长又问道，唐排长，你不觉得我是克星？

唐排长说，就没有啥子克星。抗日战争时期，我们死了成千上万的人，解放战争时期，也死了成千上万的人，难道这些牺牲的烈士都是女人克死的？远的不说，就说咱们运输队吧，骆驼死了多少你都看见了，死的人也不是富顺他们兄弟俩，老马你是知道的，还有二虎你也知道吧，其他队也有死人的情况呀，难道这些死去的人都是女人克死的？二虎连女人都没有谁去克他，老马孩子一大群了谁又克他？要奋斗就会有牺牲，我们的胜利是踏着千千万万革命烈士的尸体成功的。茫茫千里运输线也是这样，要想干成一件伟大的事业就会流血，就会有人付出生命的代价。

水清叹了一口气，唉，我怎么去见富生他妈呢。

唐排长说，这是客观存在的现实，他妈会理解的。水清，咱们出去走一走。

水清说，我就想一个人待着。

唐排长说，我有话给你说。

水清犹豫了一下，站起身子跟着唐排长出了帐篷。

外面天气不错，晚霞红似火。安静的草滩上长满了半人高的芨芨草，骆驼一峰挨着一峰在芨芨草中觅食。唐排长说，水清，你看天边的红云和雪山像不像一幅画？

水清点点头。

唐排长说道，看着好看，风平浪静，说不定明天还会下雪。其实，生活也是这样，不会风平浪静。

水清没有说话，一直跟着唐排长朝前走着。走过一片芨芨草地，水清停住脚步问唐排长，咱们要到哪去唐排长，你不是有话要跟我说吗？

唐排长指了指不远处一群干活的人说道，这就是我要给你说的话。

顺着唐排长手指的方向看去，不远处是一片劳动的场面。水清不解地看了看唐排长问道，这是……

唐排长兴奋地说，那些人就是修建青藏公路的人。这条公路修通了，就用不着咱们骆驼运输队了。

望着尘土飞扬的劳动场面，水清双手合十放在胸前闭上了眼睛。

唐排长说，水清同志，富顺兄弟俩没有白死，老马和二虎没有白死，其他人也没有白死，是他们的牺牲换来了这一切。你应该拿出生活的勇气好好活着，不为你自己，也要为富顺兄弟俩好好活着。如果九泉之下他们有灵的话，他们也会为你高兴的。否则，他们的死对你来说就没有任何意义了……

唐排长只顾了说话，没有注意水清已经泪如雨下。

失魂落魄的铁锤离开红柳林之后，便去了青藏公路指挥部。在指挥部转了一圈，觉得没有啥意思，在回来的路上碰上了运输队的王大队长。铁锤一看见王大队长立刻迎了上去说道，王大队长，我有重要事情告诉你。

什么重要事情？

铁锤就把唐排长打死骆驼的事情一五一十说了一遍。王大队长听完哈哈一笑，谢谢你小兄弟，你直言不讳值得表扬。不过，唐排长已经向组织说清楚了，并且还赔偿了骆驼钱。

铁锤惊讶地看着王大队长问道，你们都知道了，唐排长赔了骆驼钱？

王大队长说，这件事情已经处理了，损坏东西要赔偿，这是我们的纪律。唐排长也认识到了自己的错误，以后不会再发生这样的事情了。小兄弟，放心吧，欢迎以后多提宝贵意见啊。

望着王大队长的背影，铁锤莫名其妙地笑了几声。

天色完全黑下来的时候，铁锤回到了帐篷。孙明明问铁锤，一下午你跑哪去了，连个鬼影子也见不着。

铁锤看看唐排长又看看水清，见他们没有什么异常，便坐到了火堆旁。他从口袋里掏出一个纸包说，看我给你们带回来什么好吃的了。

孙明明不屑地说，你还能留住好吃的？

铁锤打开纸包，里面是两疙瘩鸡蛋大小的熟肉。铁锤得意地说，这是野牦牛肉。

孙明明伸出手说，让我尝一尝。

铁锤拦住孙明明，拿起一疙瘩肉递给水清，水清摆摆手。

铁锤转手又递给唐排长说，唐排长你尝一尝。

唐排长犹豫了一下说，铁锤有进步，不吃独食了，也知道关心同志了。

铁锤说，开玩笑，跟你这个解放军学习了这么长时间，再没有一点长进，那我真跟傻骆驼差不多了。

趁铁锤说话的时候，孙明明一把抢过一疙瘩肉狠狠咬了一口。铁锤看了孙明明一眼骂道，讨吃货，八辈子没吃过肉，又不是不给你。

孙明明说，我害怕你不给我。

铁锤拍拍肚皮，人家修路的在昆仑山里打了好几头野牦牛，我在他们食堂里吃得饱饱的，放屁都是野牦牛肉的味道。

孙明明笑着说道，你那个屁嘴就是会吹。

铁锤说，你不相信是吧，不相信我放个屁你闻一闻。

孙明明说，有本事你放一个，我……

孙明明话还未说完，铁锤一抬屁股果然放了一个响屁，吓得孙明明哆嗦了一下。

铁锤笑得前仰后合，他问道有没有野牦牛肉的味道？

孙明明在铁锤脑袋上打了一巴掌骂道，半傻不茶的，真不如个骆驼。

看着打打闹闹的铁锤和孙明明，水清嘴角露出了一丝久违了的笑意。

3

骆驼队离开格尔木之后，水清心情稍微轻松了一些。前些日子心里像压了一块石头让她喘不上气。成天似睡似醒，过得昏天黑地，她觉得活着和死了没有什么区别，喘气和不喘气也没有什么区别。她只是麻木地跟着骆驼队走走停停，停停走走，脑袋里经常是一片空白。唐排长几次跟她谈话后，她的心里渐渐敞亮了许多。她觉得唐排长说得没有错，她不能这么半死不活的，她自己好好活着，就是为富顺兄弟俩活着，也是为兄弟俩的母亲活着。一路走一路想，一路想一路走，水清觉得压在心上的石头变得不再那么沉重，喘气也变得顺畅了许多。傍晚宿营的时候，她主动为大家做了一锅面片汤。虽然面片汤里没有菜没有调料，看着大家吃得稀里哗啦，她的心里坦然了许多。

有一天中午歇脚的时候，大家拢了一堆火，一边烧开水一边坐在地上抓虱子。铁锤抓了半天嫌麻烦，干脆脱了衣服在火堆上抖了起来，火堆里立刻传出一阵噼里啪啦的响声。要在平常这个时候，水清早就悄悄躲到了一边。可是这一次，水清不但没有觉着不好意思，反而觉得生活里也充满了乐趣。

看着水清脸上有了笑容，唐排长说，其实，有时候生活就得苦中作乐。

水清问道，你怎么不苦中作乐？

唐排长说，我是军人，得保持军容军貌。

水清又问道，军人就是跟老百姓不一样？

唐排长说，我以前也跟他们一样坐在太阳下面抓虱子，光着身子下河游泳，也有哥哥妹妹。我有一个妹妹和你差不多大小，和你长得也挺像，看见你我就想起了妹妹。可惜我已经八年没

285

有回家了……

水清问道，那你咋不回去看看他们？

唐排长苦笑了一下说，谁不想自己的亲人呐，只是身不由己啊。本来解放了青海就打算回老家看看，可是，运输队的任务又把我拖住了。咱们运输大队的王大队长是我们的老团长，我们团长说，等完成了运输任务再让我们回家探亲。军人就是这样，执行命令是天职，只能顾大家舍小家。

水清说，家里人还不知道多么想念你呢。

唐排长说，我们团长还说，莫河成立了国营骆驼场就让我在骆驼场干，他也要在骆驼场干。本来我想让富顺留下来在骆驼场干，可惜他没能留下来。怎么样水清，留下来在骆驼场干吧，也算是为富顺兄弟俩干。咱们一起轰轰烈烈把骆驼场办好。你是一个好姑娘，一定能干出一番事业。

水清没有直接回答唐排长的问题，而是换了一个话题说道，唐排长，莫河那个地方荒凉得很，为啥要在那里办骆驼场，换个好一点的地方不行吗？

唐排长说，莫河那个地方是一块宝地，紧挨着茶卡盐湖，生长的植物里面含盐分，骆驼特别喜欢吃含盐分的植物。莫河荒原上有一种植物叫骆驼草，是骆驼最喜欢吃的植物。所以，骆驼场要建在莫河这个地方。虽然现在荒凉寂寞，我相信以后一定会建设成为一个美丽的地方。

水清说，如果办了骆驼场，富顺就不会冷清了。

唐排长说，你要是干好了，富顺兄弟俩会高兴的。

水清咬了咬嘴唇没有说话。就在唐排长和水清说话的时候，铁锤手舞足蹈跑过来拍拍唐排长说，唐排长，你看。

顺着铁锤手指的方向望去，不远处的草滩上有几只吃草的野羊。

唐排长问道，啥子意思？

铁锤举起手做了一个瞄准射击的姿势。

唐排长把枪递给铁锤说，你试一试。

铁锤看着水清说，水清，唐排长是神枪手，不相信你让唐排长试一试。

水清看了唐排长一眼没有吭声。

唐排长看着水清说，那好吧，我就试一试。

铁锤兴奋地冲着水清挤了挤眼睛。唐排长举起枪屏住呼吸，闭着一只眼睛瞄准了一下就扣动了扳机。随着一声枪响，一只野羊立刻就倒在了地上，其它几只野羊风一样刮跑了。铁锤激动得跟个野羊似的撒开两腿跑过去了。

水清佩服地看看唐排长说，唐排长，你真厉害。

唐排长吹了吹枪管说，没有啥厉害不厉害，都是在战场上逼出来的。战场上你的枪法不准，就有可能倒在敌人的枪口下。相反，你的枪法准确，敌人就倒在你的枪口之下，这就是你死我活的生存道理。

一会儿工夫，铁锤拖着死羊回来了。他把死羊往唐排长脚下一扔，坐在地上大张着嘴巴喘着粗气说，好大的一只羊。

太阳还没有完全落下山，铁锤就迫不及待地点着火架上锅，守在火堆旁煮起了羊肉。锅里的水刚沸腾了一会儿，铁锤就招呼水清吃羊肉。望着半生不熟的羊肉，水清摇摇头说，肉还生着呢。

铁锤咬了一口肉说，开锅肉嫩，不相信你尝一尝。

水清舀了一碗羊肉汤，把馕疙瘩掰碎泡在碗里说，我喜欢吃羊肉汤泡馍。

铁锤看着水清问道，水清，你以后咋办呀，我都替你发愁。

水清抬起头问道，你替我发啥愁？我不但要活，还要好好活。

铁锤说，我不是那个意思，我是说，你现在名声弄臭了，以后找婆家都是个麻烦事。我的意思是，我铁锤啥也不在乎，也不嫌弃你……

不要皮脸。没等铁锤把话说完，水清把碗里的羊肉汤泼到铁锤身上说道，我一辈子不嫁人，也不会跟你这个货好。

铁锤擦了擦衣服上的羊肉汤说，狗咬吕洞宾不识好人心。好心当成驴肝肺了。我看你可怜才……

啥子东西。唐排长愤怒地站起来骂道，说得简直不是人话。

铁锤说，火又没有上房，你着啥急，我又没有说你。

唐排长说，不许你胡说八道。

铁锤嬉皮笑脸地看着水清说，你不说我也知道，唐排长也有那个意思……

放屁。唐排长飞起一脚，就把铁锤踢倒在了火堆里。

铁锤从火堆里爬起来，一边跳一边喊，唐排长杀人了，唐排长杀人了……

唐排长说，咱们去睡觉，让他一个人发疯去。

大家跟着唐排长回了帐篷。铁锤叫喊了几声觉得没啥意思。便一屁股坐在篝火旁，从锅里捞出一块羊肉吃了起来。

孙明明从帐篷里偷偷看了一眼铁锤说，唐排长，铁锤那个家伙又吃羊肉呢。

唐排长说，瓜怂一个。狗日的，脑袋瓜里少点东西。

水清捂着被子笑了。

第二天骆驼队精神抖擞地上路了。一连几天风和日丽，骆驼队行进的速度也加快了许多。眼看再有两天就要到香日德了，这天中午天空突然变了颜色。开始的时候只是西边的天空灰蒙蒙一片，但很快西边的天空就变成了一片黄色。黄色的天空潮

289

水似的从西边漫了过来。骆驼队急忙停住脚步，大家纷纷戴上棉帽子，穿上棉大衣，刚趴在骆驼身体底下，猛烈的沙尘暴就刮了过来，雨点似的沙石下雨一样噼里啪啦砸了下来。

沙尘暴刮了整整一个下午也没有停止。水清趴在金毛肚子下面睡了一觉，醒来的时候，头顶的风声依旧呜呜响个不停。听着呜呜叫的风声，水清的肚子也开始咕咕叫了起来。就在这个时候，她觉得有人推了自己几下。水清撩开脑袋上的衣服，唐排长递过来一个馒疙瘩。水清伸手接过馒疙瘩，感激地冲着唐排长点点头。唐排长笑了笑，像个大乌龟一样爬着走了。水清把衣服包在脑袋上，咬了一口馒疙瘩，满鼻子满嘴巴里都是黄土的味道。吃了一个馒疙瘩，肚子里舒服了许多，身子也暖和了一些。水清觉得唐排长这个人也是一个好人。她觉得唐排长说的话有道理，留在骆驼场工作也许是个不错的选择。说心里话，她不想回老家，她觉得老家对她已经没有什么吸引力了。现在自己这个处境，回去肯定会招来刮风一样的闲言碎语。她知道村里人的毛病，她会被村里人的唾沫星子淹没。可是，不回去又舍不下富顺的母亲。何去何从，她不知道自己应该怎么办。左也不是，右也不是，自己就像大海里的一只小船不知道应该划向哪里。

猛烈的沙尘暴一直把月亮刮出来才停住了。大家一个个灰头土脸。连口热水都没有顾得上烧，就在月色下扎好帐篷睡觉了。

4

两天后的一个傍晚，骆驼队回到了香日德。王大队长听完唐排长的汇报后，抹了一把眼睛说，明天你陪我去看看水清。

第二天中午，唐排长和王大队长在小河边见到了正在洗脸的水清。王大队长紧紧握住水清的手说，水清同志你辛苦了。

水清说，大家都一样。

王大队长松开水清的手说，水清同志，从今往后运输队就是你的家，我和唐排长就是你的亲人，咱们就是一家人……

王大队长一番话让水清感动得不知说啥好。紧接着王大队长又拿出一双红条绒布鞋说，水清，快把脚上那双鞋扔了吧，试试这双鞋合适不合适。

水清说，王大队长，你从哪里弄的鞋？

唐排长说，王大队长把香日德的老乡家都跑遍了，好不容易才找到这么一双鞋。

水清脱了露着脚趾头的布鞋，穿上红条绒布鞋试了试。水清说，就像比着我的脚做的，不大不小刚好。

王大队长笑了笑说，肯定刚好嘛，唐排长偷偷量过你的脚丫子。

水清脸一下子红了，红的就像脚上的布鞋。

在香日德休整了几天之后，骆驼队终于在血红的夕阳里回到了莫河。唐排长安排水清住到河滩的窑洞去，水清感动地点点头。唐排长说，水清，这些日子你认真思考思考，愿意留下就在这里干，不愿意留下也可以回老家。王大队长说，一切都由你自己决定。不过，王大队长的意思，最好你能留下，不但可以成为国家正式工人，而且我们也好对你有个关照。

水清点点头说，让我想一想，过几天我告诉你。

唐排长说，走吧，我领你去窑洞。

水清跟着唐排长没有走几步路，金毛从水清手里挣脱了缰绳，甩开蹄子朝着东山坡跑去。水清说，金毛去看富顺了。

唐排长说，金毛是一峰有灵性的骆驼。

水清说，唐排长，你先去吧，我想跟富顺说说话。

唐排长点点头说道，好吧，我等你。

满天红霞已经退去了艳丽的色彩，水清在暗淡的天色里朝东山坡走去。东山坡是一个缓缓的上坡，上了坡便是一片开阔的平

一个是失去了两个儿子的母亲，一个是失去了两个男人的女人。一老一小两个女人，为了和平解放西藏贡献了自己的所有。当她们在东山坡不期而遇时，折射出了母爱的伟大和母爱的力量。

原。当水清走上东山坡的那一瞬间，她一下子愣在了那里。富顺的坟墓旁边除了金毛之外还站着一个人。暗淡的天色里她看不清楚站在那里的是什么人，但她胸膛里的心猛然抽紧了。她一点点朝着富顺坟墓走去，当她看清楚那个人是富顺的母亲时，两腿一软跪在了地上。但很快她又迅速从地上爬起来，不顾一切地冲了过去，撕心裂肺的喊了一声……妈……妈……

浓浓的暮色笼罩了东山坡，浓浓的暮色笼罩不住悲凉的哭声……夜色在哭泣声中披上了东山坡。

骆驼随想（代后记）

　　《东山坡上的骆驼》这部小说写完了，但是小说里面的人物故事，还有山山水水的风雪画面，依然在眼前挥之不去。柴达木这片 30 万平方公里的土地上，发生过许多轰轰烈烈的事情，留下了一个个传奇故事。岁月如风，风可以带走时间，带不走的是记忆里的传奇。

　　20 世纪 50 年代初，为了稳定和平解放西藏的成果，驻藏部队不动西藏人民的一针一线。为了解决驻藏部队的生存问题，西北军政委员会专门成立了一支运输物资的骆驼队。这支运输队风雨无阻，日日行走在千里运输线上。为稳定西藏和平解放和青藏公路的修建，立下了赫赫功勋。在这支运输队伍中，有

296

许多驼工来自甘肃民勤县。

2015 年夏天我回到西宁，老同学徐世雄不顾身体有病，专门开车陪同我一块去了莫河驼场。莫河其实没有河，只有一片季节性的干河床躺在荒原上。干河床的峭壁上面那些当年的窑洞还没有完全坍塌，依稀可见当年的痕迹，没有水的莫河一如既往。

世雄就是从莫河走出来的民勤人。父亲从部队转业之后参加了骆驼场的建设，也当过骆驼场的中层领导，最后长眠于莫河的东山坡上。事实上，好多年以前，我们一同在德令哈红卫中学上高中时，就从骆驼场来的这些同学嘴里听说过许多关于驼工和骆驼的故事。可以说，从那个时候开始，莫河骆驼场已经在不经意之中潜移默化着我。我注定和莫河骆驼场有一次碰撞。这个碰撞虽然来的有些迟晚，可毕竟还是来了。

现在的莫河骆驼场早就不以养骆驼为主，现有的几百峰骆驼只是为了保存一个物种而已。莫河现在的状况远不及那个年代红火。不过，我不想叙述现状和评价现状，我只想看看那个真正的东山坡。

一个暖洋洋的午后，我如愿以偿来到了东山坡。东山坡就像小说中描写的那样，是一片开阔的平原。东山坡上有许多小土丘似的坟墓，这里是真正的一片坟地，这里埋葬的都是驼工和驼工们的亲人。我躺在东山坡的阳光里，耳朵贴着地面，静静地倾听东山坡上的故事。知道故事的人基本上都躺在了这里，没有躺在这里的人基本离开了莫河。我在莫河只见到了一位当年的驼工。老人身体看着尚可，只是腿脚有些不便，那是拉骆驼留下的顽疾。老人回忆起当年的往事便有些哽咽，回忆到伤心之处，不由得摆摆手说，说不成呐，那个罪遭得说不成呐……

我查过资料，简单的资料记载也说法不一。有资料说运输大队运送粮食400多万斤，参加运输工作的驼工和解放军战士3000多人，损失骆驼15000多峰。有资料说损失骆驼27000多峰，无论哪个资料上都没有记载死亡驼工的详细数据，只是简单提及有冻死的驼工，有被大风呛死的驼工，还有沿途掩埋的驼工……

我能想象到那个艰苦岁月的情景，难怪那个哽咽的老驼工摆着手说，说不成呐，那个罪遭得说不成呐。人们常说，往事如烟。可是，望着一脸沧桑的老人，往事能像烟一样飘散吗？

20世纪50年代西藏的稳定，无疑与几千名驼工和战士紧紧联系在了一起，青藏公路的修建同样与他们紧紧相连。然而，那么轰轰烈烈的事业，那么荡气回肠的一段传奇，却没有留下多少关于他们的具体文字。历史是他们创造的，他们当之无愧。茫茫千里运输线的故事，本身就是一个悲壮的故事，可是，悲

298

壮的故事背后又让人感到些许悲情。

我就是抱着收拾历史残片的目的进行写作的，我想把柴达木这片土地上发生过的故事告诉后人，让后人或多或少知道柴达木的昨天。他们有权利知道昨天的历史，也应该知道昨天的历史。否则，他们会在这些问题上模糊断片。

走在柴达木这片辽阔的土地上，仿佛能听见脚下远古海水的声音，也能看见那些拓荒者的背影。这就是我为什么不离不弃柴达木这片土地的缘由，也是我为此孜孜不倦写作的动力。就在写完这部小说最后一个字时，我忽然意识到，一直以来，自己就像作品中的骆驼一样，在自己的戈壁上跋山涉水，向着心中的地平线默默前行。